Босиком по земле

Босиком по земле

はだしで大地を

アレクサンドル・ヤーシン作品集

太田正一 編訳

群像社

目次

小説

はだしで大地を　アレクサンドル・ヤーシン作品集

歌詞のない歌

茸がなくても
苺《ベリー》がなくても
かまわない——森は素晴らしい。
毎朝、わたしは何かを持って帰る、
近くの林から　わが家に。

黒茸《チャーガ》の瘤の一片を、
小刀の柄になるものを、
草の根っこ、
ひと抱えの薪《たきぎ》、
ハリネズミそっくりの松ぼっくりを、
歌を——そう、今はまだ

歌詞《ことば》のない歌を……

静寂は、たとえ
人里遠く離れていても、
耳の中の遠い轟きと変わらない。
草のさらさらに、
梢のざわめきに、
わたしは息を殺し　耳をそばだてる。

空は見えない。
でも、あっちにもこっちにも、ほら、
魔法がかった底の底までひかり輝く
小さな湖、池、水たまり――
どれもが同じ水色の空。

鳥が飛び立っても、
木の葉が散っても、

かまわない――わたしは歌を
見つけたのだから。
生きている歌には　どのみち歌詞《ことば》は
見つかるのだから。

（一九六二）

蘇　生

蝶が　息を吹き返した――
天井の下を　ぱたぱた
ぱたぱた　飛んでいる。
二枚の翅《はね》は
　さながら小さな二本の灯心だ。

やわらかいその音を聞きつけて
小暗《お》い隅に　隠れたのは

灰色蜘蛛の影法師——
「奴め、息を吹き返したな！」

いや　息を吹き返したのではなく、
たった今、この世に生まれ出たのかも？
新しいいのちが
かつてない始まり方をしたのかも？

おっと　羽ばたいて
ぱたぱた　窓の方へ。
ああ　ガラスにぶつかった　もがいている。
ひょっとすると　春を、
あれは春を　部屋に呼び込もうとしたのかも？

わたしは息をとめた——
目を離すまい　邪魔はすまい
蘇った生きものが

ほら　そこにいる。

（一九六一）

春の声

春が声をかける
水に、木の葉に、大地に——あらゆるものに
森の焚火にも、
つがいの鳥たちにも、
目にも、そしてわたしの心にも。

すべてが始まった——ただの雫《しずく》から、ぽたりから。
そして、ほら、もう雪が融けて、
流れている　さらさらと。
鳴っている、ざわざわと、
木々が、大気が、草原が。

川の曲がりで　飛沫《しぶき》が上がった。
窪地で　風が弦を弾《はじ》いた。
世界は目を覚まし、
思わず　音を、
　　声を発して、
　　指揮者の口もとに目をやった。

針葉樹の森で、朝も早くから
——なぜかわからないが、
古い苺《ベリー》や草を踏みながら
　わたしは繰り返す——
好奇心でいっぱいの、自分の〈お〜い！〉を。

耳を澄ませば、
聞こえてくるのは　鼓動。
そうして　誰もいない場所で

わたしは奇跡を待つ——
　誰かが　この胸の、
わたしのこの楽音《がくおん》に　応えてくれるのを。

（一九六四）

ともしび

濃霧の中の螢《ほたる》は
森のともしび。
あれは地上の火？
それとも天上の？

明滅する遠くの、
焚火の明かりだろうか？
あるいは　小さな星の、
わが惑星の妹だろうか？

果てしない夜に
闇は　濃く、うつろ。
だが、明るい哨所《しょうしょ》は
片時も目を瞑《つぶ》らない。

もうくたくただ。
足がもつれる。
でも、あれは？　前方で燃えているのは何の火だ？
ああ、それはわたしの胸の奥の奥底の小さなともしび。

（一九六二）

はだしで大地を

陽は穏やかで、月のよう。
朝から光環《コロナ》ひとつなく
　雲間から覗いている――

窓から林を、
青々とした草地を、覗き見るように。

岸から岸へ
川はたゆたい、
わたしは聞いている――
そのせせらぎを、そこには
同じ月、同じ牧草地、同じ雲がある、
まったく同じ天地創造が。

足もとからは　野ウサギたちが
慌てまくって逃げていくが、
大丈夫、誰にも障《さわ》らない――
〈心根《こころね》やさしき神のごとくに〉
わたしは今、草地を、森を、
自分の径《みち》を、歩いている。

そうして苺《ベリー》を口にし、
　草をむしり、
　小さな流れに　ひざまずく。

わたしは水が好き、
わたしは土が好きだ――
病気の癒えたあとのように、

汀《なぎさ》を　そろそろと、
　もう銃ではなく、かぼそい葦の茎など手にして
　心も目をも　開けっ放しにして。

おお　湿った大地をはだしで歩く――
こんな幸せがどこにあろう！

（一九六二）

鶴

ことばのちから

わたしの幼いころには、心浮き立つことがいっぱいあった。もちろん春の到来も黄金の秋《ザラターヤ・オーセニ》もそうだったけれど、でもそれだけではなかった。たとえば、見上げる高空《たかぞら》には、当然のように、鶴たちの姿があった。

取り入れが始まると、畑はそれまでよりずっと明るく広がって、地平線がはるか彼方に遠ざかっていくのだった。そして、ちょうどそんな茫漠と黄金の波の上の、そのまた上空に、鶴たちのあの美しい楔《くさび》が――三角形が姿を見せるのである。渡りの季節ともなれば、もう平気でいられない。なんだか心が浮き浮きしてきて、村の子どもたちは一斉に家を飛び出し、群れを追って、村はずれまで走る。そうして鳥たちに向かって、こう叫ぶのだ――

鶴さん、鶴さん、
空より高く、地上《ここ》より高く

尖ったモミの、
防柵《トゥイン》の上を
楔《クリン》のままで、
まっすぐそのまま
帰っていくんだよ～！

そうかと思うと、躍るような足取りになって、こんなことばを何度も繰り返す——

鶴さん、鶴さん、鶴三角、
鶴さん、鶴さん、鶴三角！

渡り鳥たちは、空を、平らに、音もなく、美しく飛んでいく。
でも、子どもたちの中には、彼らに前途の幸運を望まぬ悪戯《いたずら》坊主もいて、躍起になって群れの秩序を乱しにかかる。あるとき、はだしの悪戯っ児の大将がいきなり、耳をつんざくような声で、こんなふうに喚《わめ》いたことがあった——

先頭《あたま》の鳥は

針路をはずれろ、
しんがりなんかは——
ヴィーツェイ、ヴィーツェイ！
首に首輪を！
首に軛《くびき》をつけてやれ！

とか、

先頭《あたま》の首根っこにゃ、軛をつけろ！
しんがりの尾っぽにゃ、火をつけろ！

地上からそんなことを喚かれると、とたんに鶴たちの三角編隊は乱れ始める。それまでしんがりをつとめていたのが、いきなり先頭に躍り出たり、極端に片側に寄ってしまったりする。群れの統率者は、自分ひとりが取り残されたと勘違いして、慌ててスピードを落とし、ぐるり旋回して、編隊のしりにつく。わたしたち子どもは、自分らが発することばの威力に驚き、嬉しくなって大はしゃぎする。しかし、大人たちはそうでない。そんな悪戯っ児の首っ玉に拳固を一発見舞ってやる大人がいた。するとたちどころに、子どもの心の中に崇高な感情が生じてくる。それで、もうそのときには、わたしたちは悔いるような気持ちで、鶴たちに聞こえるように、声をそろえて――

鶴さん、鶴さん、鶴三角！

どうか、道中、

どうぞ、ご無事で！

じっさい、鶴たちが編成を整え終えるまで、そう叫び続けたのである。思い出に耽っているうちに、幼いころの光景が再び、まざまざとよみがえってきた。

今年はかなり早い時期から、しつこい長雨に祟《たた》られたから、夏を通り越してそのまま秋になってしまうのでは、と思ったほどだった。畑や野原でさえ光が不足し、朝も真昼も似たり寄ったりの曇り空。天にも地にも湿気が染みわたっていて、鬱蒼《うっそう》とした森の奥には、ひとつとして乾いた場所がなかった。道路はどこもぐちゃぐちゃで、濡れっぱなしの木の葉は黄ばまず、夜半にどれほど風が鳴っても、散らないのである。小春日和《バービエ・リエータ》はどうしたのだろう？　黄金の森はどこにある？　鳥たちも、もうとうに飛び立ってしまったのだ……

だが、いきなりのぽかぽか陽気！　それが一日、また一日……いよいよ秋らしくなってきた。静寂がおとずれ、日差しはやわらかくなり、地面が乾いて、どの道も通行可能になった。木の葉も今ではすっかり乾燥して、気づいたときには、もう黄色くなっていた。ある朝、娘は、目を覚ますと、きらきら輝きだした庭の小さなヤマナラシの木に気づいて、声を発した——

「パパ、ほら、パパの窓の下に、きれいな女の人がいる!」

そのあと、空中を木の葉が舞い始めた。ヤマナラシ、白樺、トーポリの葉が落ちると、槲《カシワ》の葉まで、徐々にまばらになってくる。すっかり透けて見えるようになったのはハシバミの茂みで、森のはずれには、どこからともなく不意に、若いエゾマツが姿を現わした。

一方、太陽は日ごとに低くなり、日差しもやさしくなってきた。あたりがますます美しくなって、今にもお陽さまが姿を現わして、秩序を取り戻すような気がするのだった。そうなったら、もう嬉しくてうれしくて、いくら見ても見飽きないにちがいない。

ついに空中に鶴たちの声が、ラッパの音が響き渡った。やっぱり今度も、秋が自分の意志をつらぬいた——野や畑の上に、鳥たちの三角編隊が出現したのである。でも、なんだかちょっと妙な感じだった。どうして鳥たちは懐かしい自分たちの土地を後にするのか? こんなに何もかも揃っていて、しかも暖かく穏やかになったというのに。これから本当の暮らしが始まる——なのに、なぜ飛び立つのだろう?

わたしは玄関口に立って、幼いころのことを思い出している。そして、鶴の群れを目で追っている。すると、不意に隊列が乱れて、それぞれが輪を描きながら一塊《ひとかたまり》になったかと思うと、そのままっすぐ一斉に高度を上げたのである。まるですぐそばを飛行機でも通り過ぎたみたいに、鳥たちは烈しい風にあおられて、どこか遠くへ吹き飛ばされていった。

そのとき、なぜかわたしには、鶴たちが編隊を乱したのは、どこかそこらの悪童たちにひどいことばを投げつけられたためではないかと思われた。きっとそうだ――そう信じて疑わなかった。飛んでいく鳥たちにやさしいことばをかけたい気持ちでいっぱいだったので、そのときわたしは、無意識に、ほとんど独り言みたいなぼそぼそ声で囁いていた――

鶴さん、鶴さん、鶴三角！
列を乱さず、おうちへお帰り！
どうか道中、どうぞご無事で！

とたんに、自分の幼いころの鶴たちが、さっと元どおりに編隊を組み直したのである。そして、感謝でもするように、いかにも嬉しそうに、懐かしい土地の明るい日差しをいっぱいに浴びながら、そのはるかな旅を続けたのだった。

（一九五四）

犬でもなく牛でもなく

妹はあるとき——晩冬の深夜だったが、亜麻《あま》を紡《つむ》ぐ夕べの集い*から自宅へ戻る途中、村の真ん中で、狼に出くわした。妹は、赤々と燃える灯火用の木っぱを手にしていた。狼はよっぽど腹を空かせていたのだ——へたりこんだまま歯を剝《む》いて、いっかな妹に道を譲ろうとしない。

「どうしたの、シャーリク？　どうかしたの？」若い娘は叫んだ。「さあ、どいて！　あっちへ行きなさい！」

《シャーリク》はいよいよ歯を剝き、唸り始めた。厭な眼の光。妹は、相手の顔の真ん前に、燃える松明《たいまつ》を突き出した。

「頭がどうかしたんじゃないの？　あたし、おまえにあげるもの、何もないわ」

＊北ロシアでは帝政時代から結婚前の村の若者たちが秋や冬の夜に若者宿に集まって、編物などの手仕事やさまざまな娯楽を共に楽しんだ。

たじたじとなった狼は、道の脇の雪の中へひょいとひと跳び、姿を消した。

その話を聞いた両親は、びっくりして腰を抜かしかけた。何を言ってるんだ、そりゃ狼だ、シャーリク〔飼い犬の名〕じゃないよ。そう言われて、妹もドキリとしたが、なかなか信じようとはしない。

「どうしてあれが狼？　犬そっくりだったもの。あれは犬よ、間違いないわ！」


（一九六二）

ヘラジカ

ついこのあいだ、モスクワ郊外のわが家の別荘《ダーチャ》に、一頭のヘラジカが姿を現わした。泰然自若というのか、非常に落ち着いており、どこ吹く風という目でわたしを眺めているので、ひょっとしたらこれは手負いかな、病気にでも罹っているのだろうかと思ったほどだった。まるで牛だ、本物の家畜のようである。

わたしはすぐさま子どもたちを集め、妻にも声をかけた。そしてひとかたまりになって、ヘラジカのいる柵の向こうの、小さなヤマナラシの林の方へそろ～りそろ～り。子どもたちは大喜びだった。野生の獣をこんなに間近に、じっくりと観察できたのだから。

「ほんとに野生かな？　獣には見えないね？」わたしは半信半疑である。「パンと塩を持っておいで。うちで飼えるかもしれんよ」

「何を言ってるの、パパ？」

「今にわかるさ！」

相手を驚かさないよう、わたしたちは用心深く、少しずつ近づいていった。一方、ヘラジカは、頭《こうべ》をめぐらすと、じっと静かにこっちを――それもまったく興味なさそうな、疲れたような目で見つめている。モスクワ郊外の小さな林に姿を現わした、神聖にして侵すべからざるこの帝王《ツァーリ》は、きっと考えていたにちがいない――こんな厚かましい小者《こもの》どもにかかずらってる暇などないんだが、と。いや、そうではなく、何か別のことに思いをめぐらしていたのかもしれない。ただその様子が、雰囲気が、あまりに家畜――手飼いの牝牛か何かのようだったので、わたしはすっかり大胆になっていた。もっと正確に言うと、（ヘラジカから見れば）ずいぶん厚かましくなっていたのである。

「よーし、よーし！」村の牛たちにでも声を掛けるみたいに、わたしは手を――いっぱい塩をのっけたパンを差し出しながら、濡れた牛のような鼻面に近づいていく。幻想はあまりに誘惑的だった。

だが、もうあと十歩というところで、ヘラジカが不意に神経質そうに足を踏み替えた。そのとき、わたしは改めて、その途轍もない図体《ずうたい》、わけてもその瘤《こぶ》のような、ぐいと突き出た巨大な鼻面に肝を潰した。いや、そうじゃない、心配になったのだ――ひょいと後ろを振り向いて、黙ってどこかへ行ってしまうのでは、と。わたしは足を止め、息を呑んだ。それから気を取り直して、手にしたパンをヘラジカの足下に投げてやった。

そんなことをしなくてもよかった。自分でも何がなんだかわからなくなっていた。もちろん目の前にいるのは獣であって、家畜なんかではなかった。強さでは熊にもひけを取らない堂々たる野獣なのである。

ヘラジカは逃げずに、わたしの方へ向かってきた。攻撃されると思って、自分から反撃に出たのだ。でも、それは決して素早いものではなく、狂暴さなど微塵もない、むしろ、どこかだるそうな、鈍《のろ》臭いものだった。おそらく、厚かましい奴の蒙を啓《ひら》いて、追い払おうとしただけかもしれない。

わたしは声を上げた。子どもたちも、妻も、一家してさらに大きな声を、きっとずっとみっともない声を張り上げたはずである。ヘラジカはわたしたちなど相手にしなかった。くるりと向きを変えたかと思うと、でかくて長い後ろ脚を横に大きく開いて、急がず騒がずヤマナラシの林に姿を消した。『触らぬ神に祟《たた》りなし、だ。おまえたちは余計なことをしなくて幸いだったな！』——短い尾をつけたヘラジカの白い尻が、そんなことを呟いたように思われた。

「どうしてあれが牛なのよ、パパ！」肝を冷やした子どもたちの矛先が一斉にわたしに向けられた。

「でも、牛そっくりだったじゃないか！　どこから見たって、あれは飼い牛だったよ！」

（一九六二）

皮剝ぎ

鼠とじゃらける猫のことを、わたしたちはよく口にする。じっさいそれがどんなものかを、わたしは今日、夜更けのことだったが――思い知らされたのである。

わたしは、村で独り暮らしをしている親戚の女性のところに厄介になっている。手織りのマットを敷き、手拭いだのプラカードだのが所狭しと掛かっている広い家の中。空気は澄み切って、いかにも清々《すがすが》しいし、南京虫は比較的少ない。食事もベリー、茸、キャベツ……と申し分ない。

しかし、なんといっても嬉しかったのは、この家の主《あるじ》である婆さんがさっさと寝てしまったこと、横になる前にわたしのためにランプの石油を一杯にしてくれて、丸めた新聞紙で火《ほ》屋《や》を磨いてくれたことだった。

深夜、わたしは独りで――完全な静寂の中で、本を読み、考えをめぐらし、ものを書くのが好きである。熱くなった煙突が、唸《うな》るような鈍い音を立て、窓の外では吹雪が荒れ狂っている。足下で喉を鳴らしているのは、灰色の若い猫。わたしは、〈猫族〉特有のあの厚かましさ、エゴイズムが我慢できない。犬は飼い主に慣れ猫は家に慣れると言うけれど、わたしに言わせれば、猫というのは、本当は何にも慣れることのない、信頼するに足りない生きものなのである。でも、なぜかわたしはこの若い灰色の猫が好きになった。

きょう、夜も更けてから、突然、その猫が騒ぎ立てた。なかなか喧《やかま》しい声で鳴きだした。見ると、生きた鼠を口にくわえているではないか！　鼠はまだやられてなくて、まだ元気のようだ。ふわふわした毛の、猫の手よりもほっそりとした、ちっちゃな鼠だった。最初わたしは、少しも可哀そうとは思わなかった。逆に内心、猫の腕前を褒めてやったくらいだった――どうしてどうして、おまえもただの居候《いそうろう》じゃないんだ、自分の仕事の何たるかをちゃんと心得てるな、と。

猫は鼠を家の――ひと間の百姓家だから、部屋というものがない――真ん中のマットの上に置くと、その傍らに身を横たえた。子鼠は、小さな尻尾をのばしたまま、ぺたりとマットに張り付いた。ぴくりともしない。子鼠はしかし、自分が自由の身であり、逃げたければいつでも逃げられると思ったのかもしれない。図星だった。次の瞬間、子鼠は姿を消した。

「ああ、なんとしたこと！」

思わずわたしの口からそんな声が漏れ出た。

「まんまとずらかったな！」

だが、猫の動きも素早かった。ひょいと隅の暗がりへ跳び込むや、手と足で隈なく床を撫でまわし、すぐに鼠を見つけ出した。たぶん、あてずっぽうだった。それから獲物を口にくわえると、落ち着き払った様子でマットのあるところに戻ってきた。

「油断するんじゃないぞ、ばか猫め！」

またもわたしは声に出して言った。

猫は元の場所に鼠を置き直すと目を細めた。そしてゴロゴロ喉を鳴らしながら、さっきのように鼠のそばに横になった。すると、またぞろ子鼠は、自分が自由な小鳥にでもなったような気がしたらしく、さっとその場を離れる。今度も猫は素早かった。テーブルの下に這入った逃亡者を前脚で挟んでしまう。三度目はペチカの寝床の下で捕まえ、そのあとも台所で捕捉した。どれもみな薄暗がりの中で繰り返された。というのも、明かりが届いたのは、わたしのまわりだけだったからである。床のマットは揉みくちゃになり、強《こわ》い猫の尾だけが、あっちの隅やこっちの隅でぱたぱた音を立てた。ああ、もうこれでお仕舞いかなと思っていると、またまた子鼠は逃亡を試みるのである。

「おい、また取り逃がしたな、間抜け猫！」

また、ついぼやいてしまう。しかし、猫はただぽかんとしていたわけではなかった。こちらも、この小獣がおのれの本分を十分わきまえていることを確信した。

「何を騒いでるんだね？」

ペチカの上から、この家の主《あるじ》が寝ぼけ声でたずねる。そして、こちらの答えも待たずに、また鼾《いびき》をかき始めた。

へとへとになった子鼠は、うまいことを考えた。死んだふり（たぶん）をして、しばらくの間、身じろぎひとつしなかった。猫はごろっと横になったり、仰向けになったり、また起き上がって、弓のように背を曲げたりして、ときどきそっと手をのばして鼠に触っては、ゴロゴロニャーオと鳴いてみたりする。遊びたいのだ。猫は鼠に一緒に遊んでくれ、そんなに早く死なないでくれと言っているようだ。わたしはランプの明かりで照らしてみた――子鼠はまだ生きていて、つぶらな黒い瞳《め》がきらきらしていた。ここはなんとかうまいこと死を擦り抜けようと、必死で機会を狙っていたのだ。ああ、それにしても、そら恐ろしい獣の傍らの子鼠の、なんとちっちゃなことよ！　それで、急にわたしは――こんなことは臍《へそ》の緒切って以来だが――鼠が可哀そうになり、なんとか逃げてくれと祈るような気持ちになった。すると、まるでわたしが味方についたのがわかったかのように、子鼠はペチカの下へ突進する。一方、猫は、慌てず騒がず、跳ね起きることもせずに、大きな前足であっさり獲物を押さえつけると、じゃらけるようにゴロリと体を一回転。

そんなことがしばらく続いた。しかし自由への儚《はかな》い望みは、そう長くは子鼠を放っておかなかった。ついに敵を出し抜く。身を隠した。さあこれでひと安心とほっとしたのも束の間、またしても恐ろしい猫の魔の手は子鼠を押さえ込む。押さえてはまた解放だ。解放して、こんなやつ、ほんとはどうでもいいんだというふうに、いかにも無関心を装って、ぷいとそっぽを向く。そうして要求がましく、不満げに――『なあおい、また逃げろよ、逃げておれと遊んでくれや！』と鳴いてみせる。ゴロゴロ喉を鳴らすのではなく、ニャーオニャーオと鳴いてみせるのである。

ペチカの上からまた女主人の声が――

「猫は戸外《そと》に出たがってるんだよ。出してやっておくれ！」

「いや、鼠を捕まえてじゃれているんだ！」

わたしは教えてやる。

「まったく、いまいましい虎だ！　皮剝ぎだよ！」

憎らしげにこの家の主が言い放った。それで、ついにわたしにもふつふつと猫への憎しみが煮えたぎってきたのだった。

わたしは、猫が仰向けに寝転がって、ちょうどボールを操る手品師みたいに子鼠を弄《もてあそ》んでいるその顔に――その薄緑に灰色の煙を混ぜたような目に、細い電気の光線をじかに当ててやった。一瞬、猫が怯《ひる》んだすきに、子鼠は最後の逃亡を試みて、自分の床下の巣穴にもぐろうとした。しかし、虎には視力のほかにもまだ獣特有の聴覚という強力な武器が残っていた。

「ああ、なんて汚い奴！」

わたしの憎しみはもうあからさまだった。

「また捕まえたな、この吸血鬼め！」

わたしは本気で猫にひと蹴りお見舞いしてやろうと思った。猫族への積年の敵意（というか反感）がむらむらと沸き起こってきたのである。

鼠にはもう生の徴候が見られなかった。猫は、不審そうにニャーニャー鳴き、怒ったように鼠の小さな体を前足で交互に突ついては、さっと引いてみたり横に跳んでみたりする。一方、鼠は、マッチ棒みたいなかぼそい足が上になり下になり、横向き仰向け為すがままだった。

そこで、動かなくなった相手を猫は食べ始める。慌てず騒がず、たえず目を細めながら、くちゃくちゃと。どこか不満そうに、食べるのを厭がっているようにも見えた。子鼠の尻尾がしばらく猫の口からはみ出していた。その細ひもを呑み込もうか吐き出そうか躊躇《ためら》ってでもいるようだった。そして最後に呑み込んだ。

この家の主の足がだらりとペチカの上から垂れている。

「あんたは宵っ張りだねぇ。朝までそうして眠らないつもりかい？」

「猫と鼠のじゃれ合いを見てたんだ」

と、わたし。

「ああ、まったくもう！　そろそろ寝たほうがいいよ！」

こちらの不真面目さに驚いて（きっとそうだ）、女主人は溜息をつく。

「《そろそろ》って、どういうことだね？」

「さあ、もうだめだよ！」

「《だめ》って、何が？」

女主人はちょっとばかし考え込む。そしてありったけの脳漿《のうしょう》を絞ったすえに――

「あいつはね、虎だ、正真正銘の虎なんだよ！　だから、あれにはあれの仕事があるし、あんたにもあんたの仕事がある。ね、だからもう寝たほうがいいよ！」

「わかった！　それじゃ寝ることにしよう」

わたしは改めて横になり、不安な憂愁に満ちた眠りをねむった。夢に出てきたのは、自分のそら恐ろしいまでの生の頼りなさ――わたしは捕えられ、弄ばれ、餌食にされようとしている。敵が食おうと思えばすぐにも食われてしまう。朝まで生きていられるかどうかは、相手の気分次第だ。こちらは玩弄物《がんろうぶつ》、単なるおもちゃにすぎないのである。

「ああ、もうほんとに寝なきゃ！」

わたしは驚きかつ自分自身に腹を立てながら、叫んでいた。

「ああ、もういい。ほんとに寝なくっちゃ！」


（一九六二）

市中の狼

一九六〇年夏、オジョールスク*の街に、狼が暮らしていた。飼い馴らされたとか、まだ若くてあどけないとかいう代物《しろもの》ではなく、本来なら森に棲む、歴《れっき》とした野生の狼である。狼は狼らしく、長いあいだ乱暴狼藉を働き、運命づけられたように、犬その他もろもろの肉を喰らってきた。人びとはそれを犬と思っており、犬たちは犬たちで、出くわすや尻尾をまるめて逃げまどい、追い詰められたら、もう身も世もなく吠えるしかなかった。

正体がばれ、犬でないことがはっきりすると、正式に射殺の許可が下りたオジョールスクの狩猟家たちは、市のど真ん中で狼を包囲し、撃ち殺した。それに対して国から褒賞金（といっても、まあ大した額ではない）が出たが、狩猟家にとって最良の報酬といったら、それはなんといっても世間の評判だ。オジョールスク市民がこぞって彼らに感謝し、その栄誉を

*カリニングラード州の州都カリニングラード市の東方の地区。カリニングラードは第二次大戦でドイツが割譲したソヴェート連邦の飛び地。

讃えたからである。

これをわたしに話してくれたのは、老いたる猟人にして釣師のイリヤー・エウゲーニエヴィチ・マカーロフだった。巧く語り伝えられたらいいが、どうだろうか……


狼が罠《わな》にかかったのはもう冬に入ってからで、処置に手間取った。おかげで狼は、残忍な懲罰を待たずに、自分で自分の片足を嚙み切って逃げた。かなりの古つわものだった。それまでも何度か不運な目に遭っていたが、今度ばかりは本当についてなかった。癒着した傷が腐れ始めており、その衰弱ぶりは恐ろしいほどだった。森で食べものを得るのが次第に難しくなった。だが、狼はうろたえなかった。菜食主義者にならなかっただけでなく、これまでより大胆かつ凶暴になった。狼は、村の周囲をうろつき、ときどき敷地内に這入り込んでは、食えるなら何でも——トウモロコシさえ口にする始末。何度か目撃されてはいたが、誰もそれが狼だとは思わなかった。

ある晩、ついに狼は市中に侵入する。そして、そこでは村よりはるかに簡単に食いものが手に入ることを知った。身を隠すのも容易だった。耳の垂れた、小太りの、いかにも美味《うま》そうな飼い犬がそこら中にいた。味をしめた狼は、以来、頻繁に町へ足を向け始める。

市中へ深く這入り込めば込むほど、行動は大胆になっていった。あるとき、映画館を出た人びとが家路につくころ——公園のスーピカーはまだ何か大声を発しており、商店の警備員も眠りにつくにはまだちょっと早い時刻だったが、すでに狼は足を引きずるようにして盛り場をめざしていた。あたりを見まわしながら、物色していた。狼にはどうにもならないことがひとつあった。森から町まではかなり距離があるので、三本足だと疲れてしまって、仕事するには時間が足りず、今は夜が短い。老いたる賢い野獣は事を急ぎたくなかった。物事を慎重にやるには落ち着きが肝心なのである。

なんだか狼は茫《ぼう》としていた。足も鈍《のろ》くさい。いつの間にか朝になり、気がつくと、学校の校庭の中にいた。早い子はもう暗いうちからやって来る。狼はさほどびくつかなかった。なんといってもまだ小さな連中だ。それでも用心するに越したことはない。そっと小屋に忍び込んだ。そんなふうにして、狼は、都会暮らしの第一日を終えたのだった。

街での暮らしは悪くなかった。たっぷりと休養できた。とは言うものの、もちろん胸がドキドキすることもあった。子どもたちが休み時間になると（つまり一時間おきに）校庭に飛び出してくるのだ。鬼ごっこ、狼さんと羊さん、それとバレーボールだ。たまにボールがころころと薪《まき》小屋の方へも転がってくる。すっ飛んでくる子どもたち。そんなとき、狼は思うのだった——ああ、まずい。見つかっちまう！　だが、子どもたちは気づかない。ぜんぜん関心を示さない。怖がりもせず、ただもう遊びに夢中なのである。大人たちも同じだった。狼なんかに興味はなかった。いろいろ忙しくて、それどころじゃない。そういうことがわかってくると、狼はいよいよ大胆になった。

しかし、ひとつだけ気に入らないことがあった。朝の六時から深夜の十二時まで、毎日、ラジオの有線放送がとどろき渡るのだ。これがいたく神経を刺激した。ぐっすり眠ることも何かに集中することも許さない。そのがなり立てが、狼が仕事するのに好都合な――騒音が有利に働くので――深夜から朝までだったら、どんなによかったろう。でも、狼は市当局の職務怠慢を甘受した。なぜなら、巨大スピーカーによる大気の振動がオジョールスク市に限ったことではないと、かえってそのほうが自分に有利に働くとわかったからである。

大音量の行進曲に送られて、狼は日の暮れ方に薪小屋を出た。あたりの様子をうかがう。何も恐いことは起こらなかった。狼はまず朝食を済まそうと、最寄りのゴミ捨て場へ――。狼の生活が昼夜逆転であることは周知の事実だ。人間の夕飯どきは狼の朝飯どき、人間が眠っているころ、狼たちは飲んだり食ったり獲物の生皮を剝いだりしている。

ゴミ捨て場から、いい匂いがしてくる。だが、匂いに引き寄せられるのは狼だけでない。腹をすかした犬も一匹、やって来た。犬どもとはどこの町でも出くわした。そこでふと思った――なんだ、ゴミなんか漁《あさ》るより、こいつを頂きゃいいんじゃないか。一瞬にして犬はやられてしまった。電光石火の早業である。狼は獲物をくわえて、薪小屋へ引き返した。犬はほんのちょっとキャンキャン喚いたが、そんな哀れな声も凄まじい行進曲に掻き消されてしまった。

がりがりの痩せ犬だったが、狼は満腹し、たちまち微睡《まどろ》んだ。そのまま終日、小屋を出なかった。夏場は薪が必要ないので、狼の心はさして乱されなかった。

　翌日の深夜のこと。狼は、足の短い、むく毛の小犬——明らかに床ブラシと青虫の雑種である！——を追い回すのに夢中になり、つい通りへ飛び出していた。人込みの中だった。冗談ぬきに狼はびっくりし怖気《おじけ》づいたが、結果はまったく意外なものだった。小犬を通行人の誰かが蹴り上げ、それがすっ飛んできて、狼の前歯にまともにぶつかったのである。おかげで狼は正体がばれずに済んだ。もっとも、夏うち地区の照明がよくないから、犬も狼も見分けがつかない。狼は小犬をぶつけられて、かえって気の毒がられたくらいだった。見ろ、可哀そうにあの犬、三本足だぜ。車にでも潑ねられたのかな。人間だって足が無くちゃどうにもならん。まして犬ならなおさらだ！

　このときは、狼も小犬を持ち帰らなかった。衆人環視の中だ。まずいぞ。正体がばれてしまう！　恐ろしいので、もう通りには出ないことにした。最初はただ、三本足での森の暮らしは無理と判断し、それで人里近くをうろつきだしたのだが、今では町での暮らしのほうが楽になってしまった。べつに良心が咎めるわけでもない。三本足で生き残って、どこが悪いのだ？　とにかく二度と罠なんかにかかりたくない。こうまで惨めな体にされたのだから、何か埋め合わせくらいあって然るべきではないか！　狼には年金もないんだ……ああ、ほんとに何の償いもないのだろうか？

　そう思ったのは狼だけではなかった。町には慈悲深い人間も少なからずいたのである。

狼が町に居着いて以来、奇妙なことが次から次に起こった。

肉屋の店頭から精肉が消え始めた。むろん、それらは、食欲を満たすべく狼の胃袋に収まったのだ。売り子たちは損失を消費者に肩代わりさせた——一段下の肉を最高級と偽って売ったのである。

町の食堂でもよく食材が不足した。狼が倉庫からも掠《かす》め取っていたからだ。ディナーの質を下げ、肉料理のメニューを減らし、カツレツには砕いた乾パンを多めに混ぜて調理した。腕のいいコックだって、肉の不足はどうにもならない。

孤児院、幼稚園、保育園の給食の質が明らかに落ちた——すべて同じ理由だった。

ある日、狼は高級食料品店のワインの棚を倒した。瓶が何本か割れたが、帳簿にはその何十倍もの数字（被害総額）が記載された。以後、同様のやり方が踏襲された。半リットルの空瓶が一本割れただけなのに、帳簿にはちゃんと一リットル瓶一ダース、ただの空瓶でもヴォトカの瓶と記されるようになった。業界での、輸送に伴う器物損壊率というのは、せいぜい一五パーセント止まりらしいのだが、帳簿にはすでにそれを超えた数字が躍っていた。

町の屠殺場では、狼は一頭の牡《おす》の子牛を嚙み殺したにすぎないのに、最初から牡の子牛六頭プラス牝《めす》牛二頭とされた。痕跡を見れば明らかに獣によるもの、それも狼のものと判明したのだが、狼を目撃した者は唯のひとりもいなかった。そのため熊の仕業とされてしまった。そうした機転のせいで、帳簿だけはいよいよ揺るぎないものとなった。森をうろつく熊もたまには家畜の屠殺場に侵入するのだ――とまあそういうわけである。

　損害額は日を追うごとに増大した。魚加工工場でも地区の人工孵化場でも、いや物質的福利には直接関係のない人文科学の分野でも、被害が報告されるようになった。取引業界で通常、漏り減りとか乾き減りと称される損失が、たとえば魚加工工場や地区の人工孵化場や木材調達公団では、生産残留物（生産上の副産物）と呼ばれるようになった。もし生産と分配の世界で創造的活動に最も寛大にして柔軟な救済措置が講じられなかったら、大変な事態に陥ったにちがいない。

　たった一匹、しかも片足が不自由だったことが、さらに幸いした。しかし、それが単独でなく集団であったら、どうだったか？　その場合でも当然、略奪や数字の改竄《かいざん》なしには済まなかったはず――パンにパン屑は付きものなのだ。状況は犯人捜しが始まったことでますます尖鋭化したが、真犯人が割り出せなかったために、疑惑の目が何の罪科《つみとが》もない者たちに向けられるようになった。火のないところに煙は立たない道理だからである。市民の間に高まった相互不信感は町の空気を一変させた。ぴりぴりと緊張に満ちたものになった。不和、中傷、誹謗、虚偽の密告――開闢《かいびゃく》以来の、毎度お馴染みのことがまた始まった。

　一方、狼は、昼日中も通りを徘徊するようになった。誰も怪しまなかった。ありゃ犬じゃない、狼だ――そんな疑念が誰の脳裡をかすめたろう？　犬は大昔から人間の味方であり友であるのだ。そんな生きものをどうして疑うことができるだろう？　犬の使命は、人びとの財産を守ることであって奪うことではない！

狼の正体はまったくばれなかった。片輪であることが同情を買った——『足なし《ベズノーギイ》は惨めなもんだ《ウボーギイ》！』。怒鳴られたのは、狼の姿を見て半狂乱になる犬たちのほうだった。

狼は犬たちを恐れなかった、ましてや車など。犬たちは不安に駆られてウーウー唸《うな》る。しかし相手が何者かわかっているから、警戒と用心だけは怠らない。その点、自動車はちがう。単なる乗り物だ。何も感じない。どうして恐れなくてはならないか？ ところが、あるとき、車に混じって、急に馬が——それもごく普通の（悪く言えば）老いぼれ馬だが、それでも立派な輸送手段である——現われて、なんとそれが狼の正体を暴いてしまったのだ！ 馬は鼻嵐を吹き、いつもどおり（いや昔ふうに）後ろ脚で突っ立ったと思ったら、もう駆けだしていた。これが経験豊かな老馬でなかったら、おそらく狼は今でも誰にも気づかれずに市中をうろついていたことだろう。が、事ここに至って正体が暴かれてしまった。三本足の猛ダッシュ、狼は馬の尻に喰らいつく。

オジョールスク市のど真ん中で狼の捕物劇があったあの記念すべき日から、すでにかなりの時が流れたが、狼が街中に棲息していたという事実には、今もって何の決着も後始末もついていない。まだ人びとは恐怖から正気に戻れずにいて、そこらのおとなしい犬たちを見てさえ心臓がドキドキしてくるのだった。ひょっとして、あの中に狼がまじっているのでは？

当のイリヤー・エウゲーニエヴィチ・マカーロフにしてからが、現在、自分が飼っている足の短い子犬を疑っていた――そのうちこいつ、狼になるんじゃないだろうか、と。

（一九六〇）

古長靴

「とっつぁん、どうだい、調子は？」

夜ごと、自分の友に向かって、長い白髭、ぼさぼさ頭のルップ・エゴーロヴィチは訊く。昔から〈古長靴（冬用のフェルト製の長靴）〉と呼ばれている、太った、怠け者の牡猫《おす》は、うつらうつらしながら振り向くと、薄目をあけて、何かわけのわからない声で、面倒《めんど》臭そうにニャーオと鳴く。それをどう解釈してもいいのだが、たぶんこんな意味なのだ――『年がら年じゅう同じ質問ばかりして、自分でもうんざりしないのかね？　そりゃあ、いつもと変わりなく暮らしてるさ！　堂々と胸を張ってな！　そっちこそどうなんだい？　まったく、変なおっさんだよ！』

ルップ・エゴーロヴィチと〈古長靴〉は、もう何年も同じ屋根の下で暮らしている。そして両者とも、自分のほうが年長者だと思っていた。齢から言えば、どっちも同じ年寄りなのだが、それでも喧嘩もせずにやってこれた理由はただひとつ――ほかに相手がおらず、互いが「忍」の一字で暮らしてるせいだ。そう思っているふしがないでもない。

しかし、両者には、家族の絆とか互いを敬う気持ちとか、いやずばり愛情と表現すべきものさえ感じられるのだった。

まだ若くて素直であったころ、猫は主人の行くところへはどこへでもついていった。ルップ・エゴーロヴィチは休みの前日によく釣りに出かけたが、それにもお供をした。ブリークやタイリクスナモグリ〔いずれもコイ科の淡水魚〕やアセリナ〔ヒレに刺のある淡水魚〕みたいな小魚が釣り上げられると、猫はわき目もふらずにすっ飛んでいって、あっと言う間にガリガリ喰ってしまったものだ。

そんなとき、よくルップ・エゴーロヴィチは——

「なんだよ、おまえ、とんでもないやつだな。塩漬けにしようと思ってたのに！」

そう言って、〈古長靴〉を嗤《わら》うのだった。

だが、猫のお気に入りは、塩漬けではなく生の魚なのだ。釣竿を手に老人はじっと動かない。一方、猫は、水辺で魚を狙っている。岸近くを泳ぐ小魚ならどんなやつでも喰ってやろうと身構えている。ちっぽけな魚が寄ってくる。澄みきった水の中だと、でかい獲物に見えるのだ。猫はそれを前足でひっかけようとするが、たいてい空振りだ。何も爪にひっかからないので、自分に驚いたりする。それを見て、ルップ・エゴーロヴィチがアハハと嗤う。

「な、鼠のようにゃいかんだろ！」

主人がエゾヤマドリの罠を仕掛けに出かければ、やはりあとからついて行く。自分は自分の流儀で、森や菜園の小鳥を捕まえにかかる。

　時が経つにつれて、主人と猫は、風采までどことなく似てきた。ルップ・エゴーロヴィチの顎髭（こちらは猫二匹分の尻尾だ）もふさふさの眉毛も伸び放題だったから、ますます猫そっくりになる。もともと毛深い〈古長靴〉も、ルップ・エゴーロヴィチじみてくる。しかし、どちらもそういうことにはまったく気づかず、互いに愛想のいいところを見せ合うこともめったになかった。

　〈古長靴〉は年とともに態度がでかく横柄になってきた。ルップ・エゴーロヴィチが夜おそく帰宅したときなど、〈古長靴〉は、ペチカの上の自分の寝床から、いかにも軽蔑しきった目で見ているだけで、主人がやさしく背中を撫でてくれても、何の反応も示さない。老人の手がゆっくりと尻尾の方へ下りていくようにするために、ほんのちょっと尻尾を上げてやる――ただそれだけである。〈古長靴〉には、ネコ科の動物がゴロゴロ喉を鳴らして満足の意を表わすのが、とくべつ必要なこととは思えなかった。だから、友であるルップ・エゴーロヴィチのために尻尾をおっ立てながら、わざわざペチカから降りて、敷居の辺まで出迎えるなんて、ましてや継《つ》ぎだらけのフェルトの長靴に体を擦りつけようなんて、まるで考えなかった。思い浮かびもしなかった。本人にもルップ・エゴーロヴィチにも、そんなことがかつてあったという記憶すらなかった。それで、よその猫が喉を鳴らすのを耳にすると、ルップ・エゴーロヴィチはよくこんなふうに言った——

「ほう、ゴロゴロやってるな。いや、でも、あれは要するに、何か喰いたくてうずうずしてるんだ。おまえは温厚な心の持ち主だから、ああまであけすけに喉を鳴らすなんてことはしないよな」

ルップ・エゴーロヴィチがこの家《や》の主でなかったら、まず〈古長靴〉はこの世に存在しなかったはずだが、ルップ・エゴーロヴィチはそのことを本当にわかっていただろうか？ 亡くなった女房のナースチャは牝《めす》猫を飼っていて、仔猫を産むにまかせていたが、産み終わったあとは、いつもすべて始末していた。あるとき、彼女は、小さな穴にまだ目も明かない仔猫たちを入れて、その上に石をかぶせた。石がうまく穴を塞がなかったので、仔猫たちはピーピー鳴きだした。それを聞きつけた母猫は、狂ったように外に飛び出すと、石の下の土を掻き分けて、一匹だけ引きずり出した。息をしていたのは、その一匹だけだった。

ナースチャ婆さんはすぐさまそれを川に捨てようとしたが、ルップ・エゴーロヴィチが反対して、こう言った——

「やめとけ、それがそいつの運命なんだから、生かしてやれ！」

命拾いしたその猫こそ〈古長靴〉なのである。

ルップ・エゴーロヴィチは、集団農場《コルホーズ》では働かなかった。年を取りすぎていたのだ。しかし、せかせかした落ち着きのない性格は、年を取っても相変わらずで、何にでも嘴《くちばし》を入れ、ありとあらゆる人間に断を下した。〈古長靴〉の素行に関して言うと、老人を最も憤慨させたのが、だんまりを決め込んで眠たげにとろんとしているその目だった。

「おい、生きものなら生きものらしくしたらどうだ！　何が起ころうと、おまえは目をつぶってるな。なんでそんな真似ができるのか、わしにはさっぱりわからん！」

ルップ・エゴーロヴィチは、驚きと怒りをもって猫を問い詰めるのだった。

きょうルップ・エゴーロヴィチはほろ酔い気分で帰ってくると、いつもとは打って変わって、あれこれしゃべくりだした。まず、ラッパの形をした洗面台のわきの鉤《かぎ》に、着ていた短い毛皮外套を掛け、口鬚からしたたり落ちるやつを拭い、台所へ行って、鍋挟みでしばらく炉の中をがさごそ、それから壺に入ったシチューの残りを掻き出し、それをテーブルの上にのっけると、えらくでっかい声で――

「よおし、これでいい……おい、とっつぁん、下りて来い。うまいもの食わしてやるぞ！」

猫はそれに対して、なにやら川にでも落っこちたみたいな（濡れ鼠の猫！）声で応じたのだが、同時に自分が招ばれているらしいこと、それがわざわざ温かい寝床をあとにするほど値打ちがあることを、とっさに見きわめた。それで、慎重に身を起こし、思いっきり伸びをすると、段々をゆっくりゆっくり降り始めた。その動作はまるでルップ・エゴーロヴィチのように緩慢だった。おそらくその点も互いに真似し合っていたにちがいない。

「てことは、そんなに腹が減ってるってわけじゃないんだな？」

〈古長靴〉のいかにも鈍臭《どん》い動きが癇にさわったらしい。

「老いぼれめ、腹が減ってないところを見ると、年金でも入ったか？　おい、どうなんだ、この不幸せなのらくら野郎！　まったく、おまえってやつはどうしようもない怠け者だな。なんでわしはおまえなんかにタダ飯喰わせてるんだかなあ？　それにしても、よくまあぴったしの名前を付けてもらったもんだ。履き古しの長靴か、ハハ、ちげえねえや、たしかに〈古長靴〉だわな！」

猫は落ち着き払ってテーブルに近づくと、薄い、脂の浮いてないシチューの中のパンのかけらに手をやって、匂いを嗅いだ。手に残った匂いは、シチューというよりタバコ臭かったので、口に入れるのをやめ、不満そうに、ただミャーと鳴いた。『おまえさんの名前のほうがましだってかよ？』――そんなふうにも聞こえる鳴き方だった。

「そりゃな、わしの名前だって大したもんじゃないさ。わしに責任があるわけじゃない。親父の自由思想が坊さんのお気に召さず、それでルップなんて名を付けられちまったんだ。息子、つまりこのわしだがな――息子が生まれたってのに、もう洗礼盤の中で一生が台なしにされちまったようなものだ。昔は学校でも村でもさんざん厭な目に遭った――誰もがわしをルーパ、ルーパと勝手な名前で呼んだもんだ。それでわしが何か得したか？　そりゃおまえは得をしたよ。おまえの名前はおまえにぴったりだもんな。なんでまた喉なんか鳴らすんだよ、えっ⁉」――ルップ・エゴーロヴィチはそんな優しい言い方で自分の話を締めくくる。

『喉を鳴らしてるって？』

〈古長靴〉は言い返す——

『それがどうしたい？』

ルップ・エゴーロヴィチに何かあったというわけではない、ただなんとなく言ってみただけなのである。

『自分が飼ってる猫と心を通じ合っちゃ悪いのか？』

ナースチャ婆さんが亡くなって、もう五年になる。嫁いだ娘は亭主とバター工場で働いている。

「おまえだって、なぁ〈古長靴〉よ、どっか身の置きどころってものがなくちゃならんじゃないか、な、そうだろ！」

ふたりの息子は学校を卒《お》えると村を出て、なんとか出世しようと頑張っている。

「きょう日はな、人の上に立とう偉くなろうと、しゃかりきなんだよ！」

そのことについて、もうちょっと、ルップ・エゴーロヴィチは喋りたかった。でも、相手は猫だ、しょうもない……

「おまえには魂ってものがあるのか？」

ルップ・エゴーロヴィチは猫に訊く。

「人生について考えたことがあるのか？　現在の暮らしをどう思ってるんだ、えっ⁉」

〈古長靴〉はニャーとも何とも言わず、不満げな顔で温かい自分のねぐらに戻っていく。そうして、柔らかい手足をぴたりと身体に押しつけ、ふさふさした尻尾をぐるりと巻きつけた。大きなウールのショールにくるまって、それこそ我関《われ》せず焉《えん》とばかりに、緑色の、疲れたような目を閉じた。

「それ、そこがおまえの一番の欠点なんだ。要するに、何事にも冷淡なんだよ！　日々は、人生は過ぎてゆく。だが、おまえは一日中寝てる、眠りこけてばかりいる……」

ルップ・エゴーロヴィチはお説教を垂れ続ける。

「おまえには心というものがない、あるのは毛だけだ。鼠を毛ごと喰っちまうんだからなぁ。なんで目を閉じてるんだ？　心があれば、他人《ひと》と何か話しているとき、なんで目をつぶってられるかね？　たしかにわしは一杯やった。だからどうだっていうんだ？　娘のやつは、こんなとき、何か意見をしてくれたもんだ。あれには感謝してる。学校にやったのも無駄じゃなかった——なんてったって一人前の人間になってくれたものな。いつも何かと送ってくれる、バターだろ、お金だろ……わかるか、世の中はいつでも何か起こる、人は生きていく、順応するもんだよ。目を閉じてちゃ駄目なんだ、動きが止まってしまうだろう。そこをわしはコルホーズの議長に言っとるのさ。わしを養蜂場にやってくれ、とな。あれを台無しにしちゃいかん。あれこそ年寄りの仕事なんだ、益するものだ、ってな。だが、どうだ、あいつが何と言ったと思う？　他人の仕事に口出しするな、年金ならすぐにも出るようにしてやるよ、だと。あれは主導権《イニシアチヴ》を握ろうとしとるんだよ。だが、わしのイニシアチヴはどうなる？　また娘の話に戻るがな……あれは元気な婆さんになって、楽な暮らしをするだろうなぁ――子どもをいっぱい産んで、保育園じゃ間に合わんかもな、幼稚園は順番待ちだな。結婚前の娘っ子たちにわしらは言っとるのさ――学校へ行って、自由な、縛られん人間になれってな！　じゃあ、子どものお守りは誰がするかって？　わしの言っとることがわかるか、それとも怠け者のおまえには関係ないってか？」

猫はじっとしている。おとなしい。何も要求しないし、問い返しもしなかった。

家の中がなんだか薄ぼんやりしてくる。〈古長靴〉の輪郭もだんだんぼやけてきた。相手の無関心ぶりにルップ・エゴーロヴィチは苛立っていたが、畜生なんぞに腹を立てたって仕方がないのはわかっている。壁椅子に両手をつき、よっこらしょと立ち上がると、ペチカのそばへ、シチューの壺の方へ移動した。スプーンとパンのかけらをまさぐり、テーブルに戻って、ちょっとだけ中身を啜《すす》る。明かりを点けようか？　でも何のために？　すぐにも横になるってのに。今は夜が長いから、寝るとなるといつまでも寝てなくちゃならん。何のためにそんなに急いで寝るか？　ルップ・エゴーロヴィチはこのままずっと喋っていたかった。それでまたもや猫の方を振り向くと、いきなり馬鹿でかい声で――

「おい、一服やっていいかな！」

〈古長靴〉は返事をしない。

「まったく、おまえってやつは……わしはおまえを人間と思って付き合ってるんだ、なのに何だよ？　プロコープとはいくらも呑まなかったんだ。いろんな話をしてな、それでかえって厭な気分になっちまった。年寄りが文句を言っちゃ悪いか？　うちのコルホーズはいったい何べん合併統合と分割を繰り返した？　どうして心痛まんことがある？　養蜂場は潰された――蜜蜂が役に立たんだと？　養鶏場も駄目にされたんだ――鶏が役に立たんか？　馬はソーセージにされちまったよ――馬は役立たずか？　土地も役立たずにされた。森が草刈り場や畑にまで進出してきとるんだ。見てろ、今度は年寄りが役立たずにされちまうぞ。これはどういうこったね？　いったいどうなってるんだ？　議長に言った――川の岸には柳が生い茂ってるから、いっそあれをみんなに分配したらどうだ、きれいにして、二年間それぞれ自分のとこの牛の飼料にし、そのあとコルホーズに戻す。そうすりゃいいことだらけだ……な、でも議長はどうだ――プチブルどもを利するだけだ、とよ。おまえはなんで黙っとる？」

ルップ・エゴーロヴィチは猫を怒鳴りつけた。

「なに、ほんの一杯やっただけさ。わしはおのれのなすべきことを知ってる。それでここがな、心が痛んでるんだよ。ところで、おまえは何のためにこの世にいる？　さあどう答える？　おまえのノルマは何だ？　自分のノルマを遂行してるのか、してないのか？」

舌がもつれだした。ルップ・エゴーロヴィチは興奮し、もたつきながらも長靴を脱ぐと、片方を猫めがけて投げつけた。

もちろん当たらない。ぶるっと体を震わせて、ちょいと居場所を移動しただけだ。主人のこうした振舞いには慣れているから、じつに落ち着いたものである。目をあけた。まんまるな目。夜明け前の薄闇に緑の灯《ひ》がともった。平和な生活が、明かりが差し込む。

「なあ兄弟、ところで、わしらは何の話をしてたんだっけ?」

老人も平常心を取り戻したようだ。

「おまえにだんまりの才能があるってのはいいことだよ。でも、わしらは力を合わせて、でっかい薪《まき》の山をこさえなきゃなぁ。そうしなきゃ、年金は支給されんかもしれんのだよ。兄弟、わしにはそれを黙って見過ごすことはできん。わしの良心が許さないのだ。ほかのやつらは年を取ると、やぶにらみになったり目が見えんようになったりするが、わしなんか年を取れば取るほど、余計にものがよく見えるようになった。たとえば、労賃のことだって、今までよりずっとよくわかってきた。追加報酬というのがあるんだよ——畜産だの亜麻だの干草だのの、な。たしかにそいつはよく守られとる。だが、労働日*のほうはやっぱりそのままで、ただ働きなんだ。そんなの、コルホーズにとって有益か? 無益だろう? だが、それにしても、お金ってのは、ほんとにややっこしいものになっちまったなぁ!」

ルップ・エゴーロヴィチはあくびをした。猫を相手に会話を続けても、何にもならないこ

＊コルホーズ員の賃金査定の基礎となる労働の計算単位。一九三〇年から六六年まで採用されていた制度で、以後は保証賃金制。

とがあまりに明らかで、一気に疲れが出てきた。とたんに眠くなった。でも、この会話――一方的なもので、「会話」には程遠いのだが――に最終的な勝利を収めなければ承知できないらしい。それでまた――

「なあ、わしは自分のことを心配しとるんじゃないぞ、わかるか？　なんだ、おまえはぴくりともしやがらん、眉ひとつ動かさんな。なんだよ、おい、でぶ猫の〈古長靴〉め！」

ルップ・エゴーロヴィチは服を着たまま寝ようとする。長靴の片方は猫のそばに転がっていたが、もう片方はどこへ行ったか、わからない。捜そうともしなかった。猫は賢そうな目をうっすらとあけた。そして、消えた長靴の方をちらり――その目は《自分が投げつけたものは自分で捜せ》とでも言っているようであった。

「よおし、まあこのくらいにしとこうか！」

そう言って、ルップ・エゴーロヴィチは猫の頭を撫でたが、撫でられたほうはぴくりともしなかった。

ふだんルップ・エゴーロヴィチは、綿入れの上衣を下に敷いて、ペチカの上で寝ていた。しかし今はもう、ペチカの上に這い上がる力はなく、そんな気さえ起こらない。それでテーブルを壁のそばの長椅子のところまで引っぱると、その上に綿入れを敷き、拳を枕に横になった。横になったら、毛むくじゃらの眉が鼻っぱしらにかかり、長すぎる顎髭は胸を覆っただけでなく、幅広の革帯にまで届いたのだった。眠りこけたルップ・エゴーロヴィチは独りごとを言った――

「衆中《ひとなか》がいくらいいったって、わが家が一番だよ。枕がいくらふわふわしてたって、自分の拳のほうがずっといい、そうなんだよ……」

〈古長靴〉は自分の主人が横になるのを、悪意のない、むしろ好意に満ちた目で、ペチカの上から眺めている。そして最初の鼾《いびき》が家中に響き渡ったところで、様子が一変した。あたかも変身を遂げたかのよう。猫背の〈古長靴〉がしゃきっとし、寝床から軽くふわりと跳び出したかと思うと、さっと地下の穴蔵に姿を消した。じつに素早い。いつもの鼠狩りの始まりだった。それまでの無関心ぶりが嘘みたい。いつもどおりのノルマを達成しに出かけたのである……。


お月さんが、百姓家の丸太の壁を、ロシア式の大きく口をひらいたペチカを、空っぽの寝床を、長いこと鉋《かんな》のかけられていない黒ずんだテーブルを、その上の食べ残しのシチューの壺を、それと、並べたテーブルと長椅子の上で胸いっぱいに顎髭を広げて寝ている老人を、あかあかと照らしている。

月の光を浴びながら、地下の穴蔵から、音も立てずに（まるで幽霊！）、毛のふさふさしたシベリア産の猫が一匹、出てきた。そして、そのまままっすぐ、寝ている友――齢のせいでずいぶん愚痴っぽくなった友の方に歩み寄ると、ひょいとその胸に跳び乗って、ぼさぼさの顎髭の上にそっと（友を起こさぬようそっと）、息も絶えだえの鼠を——その夜、捕獲に成功した、いちばんでかくて、たっぷりと脂肪を蓄えたノルマをのっけたのだった。

（一九六二）

バーバ・ヤガー

オトシープコヴォ村がついにこの世から姿を消したとき、集団農場《コルホーズ》の議長は手を叩いて喜んだ。嬉しくて仕方がなかった。

湖水に浮かぶ小さな島――せいぜい十世帯ほどの、それでも村であることに変わりはないが、そんな、村とも呼べない村に独立作業班《ブリガーダ》を常駐させるわけにはいかない。だいたいが、中央居住地への集団移住の提案には誰ひとり首を縦に振らなかったのだ。もちろん架橋――つまり島と島を橋で繋ぐなど論外である。では彼らをどうするか、いかに合併統合を進めるかだが、いずれにせよ必要なのは管理指導（絶対に！）、それなしで済む話ではない。そういうわけで、これまでに週に二度もコルホーズの議長は、土地管理の指導、草刈場の視察その他のために、わざわざ自らボートを漕いで出向いていたのだ。厄介なのは、村全体が独立農家《フートル》の遺物だったこと。ところが（なんと嬉しいことに！）事態が急転――自主閉鎖の通達が出たのである。おかげで余計な手間が省けた。

村人たちはてんでに島を離れた。ある者（主に若者たち）はチェレポヴェーツの冶金コンビナートの建設現場へ。そこに自分の幸せを見出した。職業技術学校か高等専門学校を終えた者たちは、昨今の労働者配分令《ラズナリヤートカ》に従って、それぞれの土地や職場で働き始めた。隣村の若者と結婚した娘たちもいた。夫が軍務に就いていれば、一緒に全国を移動した。年寄りたちは各自、自分の息子や娘の家庭か新たな落ち着き先へ。それでたいていの場合、懐かしい自分の暖炉《ペーチ》*で、ようやく自らの死を迎えることができたのだった。

村は荒れ果てた。売却された家屋もいくつかあり、移築のために梁材《はりざい》だけ別の村に運ばれたもの、薪にされて終わったものもある。遺《のこ》った窓や扉は釘付けにされた。家々は徐々にゆがみ、傾《かし》ぎ、腐り、倒壊し、やがて土に還った。跡地には草が生えた。島が、本来の原初の神の御姿《みすがた》ないしそれらしき佇《たたず》まいを帯びるなら、それはそれで整備されたということになるのだろう。再び開墾されるのか、草刈り場として再利用されるのか、自然の森に還るのか——どっちみち集団農場《コルホーズ》にとって森は必要なのである。

たった一軒、まだかすかに明かりの灯る家があった。住んでいるのは、依然として組織化されない、つまり体制下に組み込まれない——いわばハエトリグサの毒を有する、頑健この上ない七十五歳ぐらいの老婆だ。死にたいとも、どこかに移り住みたいとも、思ってないらしい。いちおうコルホーズに属してはいるが、しかしまあ、とんでもないコルホーズ員である！　どんな法令も認めないし、集会にも一度も出たことがない。したがって投票すること、年金受給を要求することもない（そういう者もいないわけではない）から、仕事を強制できない。それで〈触らぬ神に祟りなし〉――誰も近づこうとはしないのである。

いったいどんな暮らしをしているのか？　いったい何を食べて生きているのだ？　ひょっとしたら、親戚の誰かがこっそりパンと塩を差し入れているのでは？　いいや、そんなことはあり得ない！　いったいどこの誰が仕送りなどするだろう？　老婆には息子も娘も孫もひ孫も――誰もいないし昔もいなかった。どこかに妹がひとりいるようだが、しかしそれが老婆にとって何だというのだ？

だが、神の僕《しもべ》の暮らしもそう悪いものではない。もちろん乳牛は飼っていないが、そのかわり山羊《やぎ》と羊が七頭いた。山羊は乳をくれる――老婆ひとりならそれで充分。羊は肉になり、毛はフェルトの長靴や紡ぎ糸、半外套の原料《もと》になる。自分用にはそれで足りるし、残りでパンだって砂糖だって買うことができる。その程度の家畜の餌（の私有）まで駄目とは言えない。年寄りなのだし、法を盾にそこまで追い詰めることはできない。老婆はそのほかに鶏も鵞鳥《がちょう》も飼っていたのだが、全部でどのくらいいるのかわからない――数えたことがないのだ。老婆はただ独りの住人、いわば島の領有者なので、羊たちも鶏たちもまったく勝手にほっつき歩いている。自由に湖を泳ぎ回っている鵞鳥たちに、いったい誰が指図できるだろう。五

＊通常、上に寝ることができるほどの大きな暖炉で、炉はオーブンになる。したがってペーチこそ寝食の要であり家の心臓部である。ペチカはペーチの指小形。

コペイカ玉ほどのこのちっぽけな島には、本当の話、老婆のほかに所有者はいなかったのである。

しかし、なんと言っても、老婆のいちばんの財産はボートだった。馬はとうに私有禁止になっていた。ボートが馬代わりだから、生きた本物の馬は要らないが、ボートがなくては、どこへも行けない。老婆は自分の自由耕作地をシャベルで耕していた。犂《すき》は馬あっての犂だが、ボートがなければ、まったく世間から、いや世界から切り離されてしまう。ボートこそ唯一の交通手段であり生産手段であり、現に老婆はそれを操って魚を獲っている。むろん、湖畔のどの村もどの家もボートは所有している。しかし、コルホーズには水の漏れないボートが一艘もないということ――これはどうしたって認めないわけにはいかない。ところが老婆のボートには水漏れがない。いつでもちゃんと手入れをしている。しっかりと穴を塞ぎ、槙皮《まいはだ》を打ち、タールを塗っているから、いつだって新品同様だ。そんなボートがあって、どうして生きていけないことがあるだろう！　百歳まで行くかもしれない。老婆はまだ老いぼれてなどいない。確かにある時期、老け込んだことがあったけれど、それはそのとき一回きりで、それからは少しも変わらない。もっとも、ちょっとバーバ・ヤガー*みたいに、変にこわばってしまったが……

この独りぼっちの老婆の名はウスチーニヤだが、陰では誰もが〈バーバ・ヤガー〉と呼んでいた。そんな悪意ある渾名《あだな》が最終的に定着したのは、自分以外の人間とぜんぜん反《そ》りが合わなくなってからのことである。

※　※　※

湖はよく暴風雨に見舞われる。穏やかな青い湖面にどこからともなくさざ波が立ち、突然、湖全体が災厄の予感から震えだし、ざわざわと、風の道があらゆる方向に広がり、長くなり、巻き上がり、ビュービュー音を立てて、あっちからこっちへ、こっちからあっちへと、さながら疾風《はやて》の交差点である。烈風は岸からも襲いかかってくる。木々を圧し曲げ、水を引っ掻き回し、白く泡立てる。泡立てた石鹸で下着を洗っているみたいになる。漁師たちはそれを見て、急いで網を引き揚げ、竿に釣糸を巻きつけながら、急いで陸に上がる。嵐のあと、ばらばらにされたボートをもう何度も目にしているのに、ここらの漁師ときたら、名もなくさほど大きくもない、とはいえ恐ろしく気紛れなこの湖の性格に対して、当然抱くであろう畏

＊昔話に出てくる魔女。ヤガー婆さん。バーバは農婦また百姓女、老婆の意。多くの魔女たちの親玉的存在。

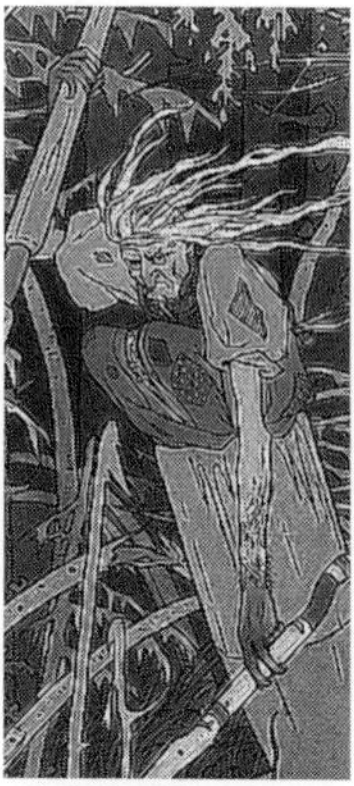
ビリビン画

怖、どころか敬意のひとかけらすら持ち合わせていないのは、確かだった。

葦や藪を鳴らして吹き荒《すさ》ぶ風。カナーシキノ村の近くの古い風車などは、今にも吹っ飛んでしまいそうだ。そのとき岸にいたのは、コルホーズの議長であるパヴルーヒン（パルフョーン・イワーノヴィチ）とモーター係のヴェトーチキンで、ずっと二人は悪態の吐《つ》き放題だ。自分たちのボートがとんでもないところに漂着してしまい、嵐が過ぎるのを待たなくてはならなかったからである。ボートは手づくりで、しかもかなり古い。モーターは強力だが、波が立たないときでも、変な呻き声を発したり、ガタガタ振動した。いずれそのうちばらばらになる――そう思われていた。あと数分もあったら、島の裏側の、もっと静かな深場《ふかば》のあるボローク村の方へ回れただろうし、そこならたぶん波はずっと穏やかで、風も反対側から吹いたはずだった。コルホーズ議長といえども、残念ながら、何でも彼《か》でも見通せるわけではないのである……

パルフョーン・イワーノヴィチは、革の長靴にオーヴァーシューズ、近ごろ地区の責任ある者たちの間で流行のギャバジンの灰色のレインコートを着込み、やはり灰色の帽子をかぶっている。背は高からず低からず、小太りだが、至って健康な男である。丸い、焼き煉瓦みたいな赤ら顔。目は細くて小さいが、それでも、そんなピン穴以外の残りの全部（つまり顔面のほとんど）は、さらに大きな帽子の下に隠れている。パルフョーン・イワーノヴィチには、昔のロシアの農民を思わせるようなところはない。かと言って、今どきのコルホーズ員には少しも似ていない。

十年ほど前、名誉あるコルホーズ議長に就任したパルフォーン・イワーノヴィチは、以来、新たな職務におのれの時間と精力のすべてを捧げ、類まれなその頑固ぶりと徹底ぶりを存分に発揮してきたのだが、それでもおのれの魂までまるごと村に捧げることのないよう、それなりに大いに努力したのである。そうすることを自分の権利だと考えていたから、地区センターに自分のアパートを構え、そこへは妻も子どもたちも寄せ付けず、旧くからの自分の友人や同僚との付き合いを大事にしていた。つねに都会のモードに関心を示していたようだが、でもそれはただ、地区の幹部たちと同じものを身に付けようと心がけていただけのこと。当人は今も昔も商品の販売と供給に関わる企業合同の一員にすぎない。

モーター係のヴェトーチキン――こちらはいかにも狡そうな、抜目のない若者だ。着ているものは地味だが、油の染み込んだ、夏と冬にだけ着替える繋ぎの綿入上衣に、やはり油まみれの縁《ふち》なし帽、それとゴム長である。ゴム長は湖での暮らしに無くてはならないものだ。彼は、漁のときも、娘たちとの夜遊びのときも、いつでもそれを履いていた。

パルフォーン・イワーノヴィチは、苛々《いらいら》し、怒鳴り散らしている。それに追い打ちをかけるように、風までがギャバジンのコートの裾を膨らませ、バタバタ音を立てる。一方、モーター係はずっと口を噤《つぐ》んでいた――自分の立場をよく弁《わきま》えているので。

だが今、二人はほとんど同時に振り返った。同じ方角、同じ荒ぶる湖の先に目をやって、互いに見交わしたのである。

「み、見ましたか、パルフォーン・イワーノヴィチ？」

驚いて、ヴェトーチキンが訊く。

あんまり無意味な言葉を発しまいとしてか、すぐには議長は応えなかった。少し間を置いて、そっと小声で——

「見たよ……バーバ・ヤガーだろ。ありゃ、まさしくヤガー婆ぁだ！」

「たしかに。あれで箒に跨《またが》ってりゃ、そうですね、パルフォーン・イワーノヴィチ！」

ヴェトーチキンが狡そうに目配せをする。

「ボートでなきゃ、ぜったい箒に跨ってるな。でも、あれの正体は誰も知らんのだよ……もしかすると、そうかも。誰も正体を見とらんのだから、なんとも言えん……どこへ行くのかな？　人違いかも……」

「いや、間違いないです。あれのほかに、島には、オトシープコヴォ村には、誰も住んじゃいないすから」

その無人の島から一艘のボートが出ていくのが——だいぶ距離はあったが——よく見えた。プラトーク〔ネッカチーフ〕をかぶった痩せぎすの老婆である。櫂《かい》を握って深く上体を折ると、波の上に櫂の先がちらつき、それから思いきり上体を後ろに反らす。全力で漕いでいる。しかしどうやら、そんな必死の努力も無駄なあがきのよう。老婆の体もボートもてんでんばらばらだ。ウスチーニヤの動作は、リズミックで、厳しいくらい理性的で、それなりに一定の法則に従っているのだが、ボートのほうは、烈しく波間を上下し、左右に大きく揺さぶられている。なんだかそれは、まるで女がひとり合点して、こんなボートなぞ、さっさとひっくり返って沈んでしまえ、沸騰するこの大鍋の中に消えてしまえ、と呪ってでもいるようなのである。

「大した悪魔だよ!」

コルホーズ議長は嬉しくて堪らない。

「もう七十五だぞ。結婚なんて無理だわな。それにしても、こんな大時化《しけ》にどこへ行く気かな? 誰かに追っかけられてるのかな? 天候が収まるまで待てばいいのにな……」

「悪魔ってのは、嵐になると、じっとしとられんのじゃないですかね、パルフョーン・イワーノヴィチ。学校で読んだことがありますよ――『悪魔の数だけ奴らは追いまくられる』だったかな。婆さん、お茶が飲みたくなったんですよ。でも、砂糖壺には砂糖がぜんぜん。仕方がない、三キロ先だが、店まで行ってこよう、ついでに塩も。いくら魚が獲れても塩がなくっちゃ……たぶん、そんなとこじゃないですか」

「悪魔の婆ぁめ!」

パルフョーン・イワーノヴィチはまたも老婆を悪魔呼ばわりする。

「ほんとに悪魔ですね。でも本人はあれでけっこう満足してるんじゃないですか。悪魔なんて、いつでも思いきり揺さぶられてたほうがいいのかも。そうでなくちゃ、自分でもやってけねんだ」

「強い女だよ」

「たしかに。迫力満点、凄い婆ぁだ！」

ヴェトーチキンも認める——

「モーターみたいだ！　でも、あの女、いちど湖に沈んだことがありましたね、ご存知で？　五年くらい前ですが……」

「聞いたことないな」

「まさか。誰でも知ってますが」

「聞いたことないと言ったろう」

「そのとき、どこにおったですか、パルフョーン・イワーノヴィチ？　あの事件からまだ五年しか経ってないですが。ここの何かのお祭りのときでした……ええと、あれはたしか秋の旧の祭りのころだったかな？」

「わしは知らん」

「なんとかいう、昔からの宗教的な祭礼で、とにかくみんなしこたま酒を食らうんで。てことは、おそらくあれもお祭りに出ようとして、そりゃま、とても行きたい気持が抑えられなくなったんでしょうね。でも、湖は一面凍りついていたんです。いや氷じゃなく、とろとろの氷の粥《かゆ》だった。だから、あの日は誰も湖に出る決心がつかないで、仕方なく家で呑んでたんです。でも、あれだけは急いでボートに乗って櫂を握った、しかもたった独りで！」

「ああ、そうか、あのことか。聞いたことがある！」

議長が口を挟んだ——

「でも、ありゃあ、たしか沈みやしなかったぞ！」

「もちろん、沈みやしませんでした。でも、四時間も氷に閉じ込められてたんで……」

「そうだった」

「じゃあ、詳しい話は聞いとられなかったわけで？」

「おまえはどうなんだ？　自分の目で見たのか？」

「ええ、最初から最後まで、この目で」

「じゃ、話してみろ！」

パルフォーン・イワーノヴィチの耳に事件の噂が届いていようがいまいが、どうでもよかった。要するに、モーター係は自分の口から話したかったのである。

「バーバ・ヤガーは家を出たら、すぐにボートに乗ったんです。ところが、湖面は氷が、いや氷じゃなくて、まったくの氷の粥でしたが、岸を離れたとたん、風にエンジンがかかったようで、今みたいに強い風じゃなくて、もうちょっと弱いやつ——でもやっぱり風は風だから、煽《あお》りを食らって、ボートがバランスを失うと、さすがの不死身のヤガー婆ぁも、そのまま対岸の、葦と氷の粥がぐちゃぐちゃになったところへ持ってかれたんで。そこから脱出しようと必死に漕いだが、ボートはどんどん葦の中に押し込まれちまいました。漕げば漕ぐほど中へ中へ。櫂は凍りついて拍子木みたいだ。とにかくなんとか岸にたどり着こうと、婆ぁは必死だった。しかし、まわりは葦だらけ。葦に氷の粥がまつわりついて、着岸どころか、後戻りもままならない。一方、島ではお祭り騒ぎです……ボートの異変に気がついて、村の連中が岸辺に駆け寄った。見ろや、氷ん中でバーバ・ヤガーが立ち往生だ！　今にも沈みそうだぞ。村人たちはただ突っ立って騒いでいる。そうしてバーバ・ヤガーが悲鳴をあげるのを待っていた……でも、バーバ・ヤガーは声を上げないし、彼らの方を見ようともしない。着ているサラファン*はかなりの年代物で、ジャケットに裾飾りとフリルが付いてて、短いショールは赤い花柄の——黒ウールだったかな。それがみなガチガチに凍りついてましたね。岸ではみんなが——

『ボートは頑丈か？　砕けっちまわねえかい？』

　そんなことを言い合ってました。

『頑丈だ、心配は要らん』

『なんでもねえなら、勝手にさせとけ』

「おれも一緒に岸から眺めていたから、ここは助けたほうがいいと思ったんですが、でも誰も助けようとしない。なんとかせにゃ——そう思った者たちもいたけど、なんせみな酔っ払ってて……」

バーバ・ヤガーは氷の粥を手で掻き分け始めた。櫂は重いし、腕もばっさり切り落とされたみたいで、まるで感覚がない。持ち上がらないのだ。必死で葦にしがみつくが、上体が伸びきって、やっぱり着岸は無理か。なら、いったん沖に出るしかないと思ったらしい。顔も手も凍りついて蒼白だ。なのに汗だらけ。もう何がなんだかわからない。一時間が過ぎ、さらに一時間。みんなは退屈してきた。ひとり去りふたり去り——呑み直そうやと行ってしまう。しかし、辛抱強い者たちがまだ何人か、吹きっさらしの岸辺に凍えながら立っていた。沈んだら、おおごとだぞ、どうする？　『おおい、頑張れ！　手で掻いて、なんとか沖に出るんだ！』と声援を送るが、バーバ・ヤガーときたら、なんだなんだ——荒い鼻息だけで氷を解かそうってのかな——思いきり体を折り曲げて、しきりに何か呟いている。

「おれは見てて、なんだか婆さんが可哀そうになりましたよ、パルフォーン・イワーノヴィチ。なんてったって年寄りだから。でもおっかなかった。本物のバーバ・ヤガーが突然、怒

＊ジャンパースカートに似たロシアの伝統的衣装。

サラファン

りだして鬼にばけるかもしれんし……そんなことになったら、おとぎ話じゃ済まんですからね……現に岸には生きてる人間たちがいる。なぜだかわからんけど、婆さんの目がえらくぎらぎらしてて、火のように燃えてたんです。いやぁ、おっかなかったなぁ。でも、なぁんも起こらなかった。すべてうまく収まりました。ぱたりと風が止んで、婆さんは自力で葦の中から這い出しました。こっちもほっとした。それで誰もが思ったのは――もういい、さあ急いで家に戻って、濡れたものを乾かそうってことでした。でも、そうはいきませんでした。氷の張っていないところまで出たら、婆さん、もう一度、岸の、葦の生えてない方へ舳《へ》先を向けたんです。そんときおれが見たのは、まったく血の気の失せた顔、バーバ・ヤガーの血走った目でした。『おおい、ヴォトカだ!』と誰かのしゃがれ声。『ヴォトカを持ってこい。あんだけ難儀したんだから……』聞こえたのはそれだけでしたね」

「それだけか?」

パルフョーン・イワーノヴィチが質《ただ》した。

「どうして『それだけか?』なんで、パルフョーン・イワーノヴィチ? 婆《ばば》ぁがいたのはぐらぐら揺れるボートの中なんで。わかりませんか? ふつう女があんな目に遭ったら、もう二度とボートになんか乗りやしませんよ」

「島に親戚はいないのかな?」

「どこにもそんな者は……ところで、パルフョーン・イワーノヴィチ、あれがどうやって暮らしているか、お聞きになったことは？」

「噂でしか知らん」

「ということは、詳しいことは何も？」

「そうなんだ」

「もっとびっくりするのは、なぜまた突然、お祭りに行こうって気になったか、です。あれだけみんなと一緒になるのが好きでないのに、なんでまた、よりによってお祭りなんかに」

「そんな人間嫌いのバーバ・ヤガーに、おまえはいつどこで出会ったんだ？」

「まさにそこなんです。祭日には酒を酌み交わすから、誰でも自分から喜んでいろんな話をするわけで。ところが、ウスチーニヤは、他人《ひと》に何かを訊かれたり、自分のことや暮らしのことを思い出したりしたくない。そういうことが大嫌いなんで……知らなかったですか？」

「詳しいことは何も知らん。さっきも言ったろう！」

そんなことを話している間に、ウスチーニヤのボートはだいぶ遠くへ行ってしまった。ぐらぐら揺れながら、それでも一定の方角には進んでいた。

「やっぱり店だ、コールリプキの店に行くつもりなんだ」

モーター係は断言する――

「そうだ、間違いない！」

議長も同意する。

天気が回復してきた。この湖水地方は、波立つのもあっと言う間だが、収まるのもあっと言う間なのである。

「さぁてと、こっちも行くとするか」

と、パルフォーン・イワーノヴィチ。

「……バーバ・ヤガーはわしらとは仕事をせんつもりなんだよ」

「行くのはかまわんですが、着岸は無理、かな。まあでも、こんなのはまだ波のうちには入らんです」

二人はボートに乗り込む。議長はレインコートの裾をからげて、座席に腰を下ろす。モーター係が思いきり発動機の紐を引く。そして舵棒に手を伸ばす。太くて長い手づくりの舵棒は、筏に取り付けた丸太ん棒そっくりだ。そんなのが横に跳ねたり飛び上がったりするから、どうしても腰は下ろせない。モーター係は突っ立ったまま、パルフォーン・イワーノヴィチは悠然と坐ったままだ。海が荒れても静かでも、お偉いさんと湖上を走るときは、いつでもそうなのである。

ボートは、鋭くカーヴを切って、波頭に突っ込んだ。まだ凪は収まらない。揺れたが、もう大したことはない。

「あれ、追いつけるかな?」

すぐにパルフォーン・イワーノヴィチが訊いてくる。

「あれって?」

ヴェトーチキンはぶるっと身震いし、びっくりした目で議長を見る。

「ウスチーニヤだよ」

「バーバ・ヤガーを、ですか?」

「そうだ」

「すぐに追いつきますよ、パルフョーン・イワーノヴィチ。どうってことありません。こっちは出来が違いますから」

「それにしても、何しに行くんだろう?」

また議長が訊く。

「追いつけない、ってことですか?」

「だめだろう。追いつけんだろうな、ボリース!」

このとき、議長は初めてヴェトーチキンを名前で呼んだのだった。

「先にあれの家に寄ったほうがいいかな?」

「でも、どうしてです?」

今度はヴェトーチキンが訊いた。

「行ってみりゃわかる。理由なんかない」

言ってしまってから、パルフョーン・イワーノヴィチは考え込んだ。ほんとにそうか?

しかし何のために？　……気性が烈しいから、とんでもないことを言いだすかも、このわしを侮辱するかもしれん。好きなように生きてる奴は好きなようにさせときゃいいんだ……しかし、どんな暮らしをし、何を考えているのか、いったい頭の中はどうなっているのか？誰もあれのことを知らない……だからこそ立ち寄ってみる必要がある……

※　※　※

果してウスチーニヤはコールリプキの店にパンを買いに行ったのである。でもなぜ、こんな悪天候に？　いいや、こんなのは悪天候でも何でもない！　こんなのはこれまで何度も見てきている。夏の波が穏やかなのは水温が高いからで、もちろん秋なら、どんな小さな波でも大惨事を引き起こす。秋の波浪というのは厄介で、よほど用心してかからないといけない。ウスチーニヤはどうも今は、ボートが持ち堪えられずに転覆するなんて思ってもいないようだ。毛ほども恐れていない。それに、酔狂からとか、ただぶらりと漕ぎ出したわけではない――パンを切らしたので買いに行ってきたのである。

帰りは波が穏やかだった。ウスチーニヤは、コロを使って軽くボートを引き揚げる。そこは彼女専用の船着場。そこまで立派なコロは、この島にも隣村にもなかった。二本のでかい丸太の端が水に浸かっている。丸太に渡した棒が自由に回転するようになっている。舳先を水中の丸太の先に乗せたら、その回転コロの上を滑らせる。そうすれば、大して力を込めなくても簡単に引き揚げられる。

櫂ははずさず、そのままボートの中に置いておく。無人の島だから、盗まれる心配はない。ウスチーニヤが腰の曲がった老婆でないことは、ボートを自在に操っていることからも明らかだ。痩せぎすの、釣竿そっくりの背高のっぽは、鬱蒼とした通行不能の密林で、まったくの独りぼっちだった。生きているあいだずっと太陽に向かって伸び続けたそのひょろ松が、今やこうして雨風に晒《さら》されている。なぜなら、まわりの木は残らず斧で切り倒されてしまったからだ。しかし、このひょろ松は屈しなかった。それにしても、よくまあ、こんな無防備な吹きっさらしの丘で生き延びたものである。

ウスチーニヤはぐるりとあたりを見まわす。留守中に何か変わったことは？　何も起こらなかった。

村の円い広場は草ぼうぼうだ。どうかな、議長は今年、コルホーズのために草刈りをやるのだろうか？　それともまた自分ひとりに刈らせるつもりでいるのだろうか？　この広場からだけでも、ひと冬分の羊用の干草は穫れると思われるが、どうなのだろう、こうしたほったらかしの土地や穴ぼこ――島から運び出された住居の跡地――に、今年はどれだけ草が生えるだろう？　牧草はきっと物凄いことになる！

四軒の百姓家は元の場所にあった。竿の先のムクドリの巣箱はとうに朽ちてしまったが、ムクドリたちはまだ飛び立たない。やがてツグミの集団が居坐った。はじめはナナカマドが実をつける秋だけだったが、集団して巣作りを始めた。そして雛が孵《かえ》った。これまでは、ツグミが人間の住む島で巣作りすることなど、決してなかった。

湖岸近くに、かつて漁師たちが――何のためかわからないが、ほじくり返したところがあり、そこへツグミの群れがミミズを求めて舞い降りたのである。

遠見にはウスチーニヤの家は廃屋だった。煙突から煙は昇らないし、これで玄関の前をうるさく鶏たちが駆け回っていなかったら、誰だってそう思ったはずだ。鵞鳥たちはいつも葦の中にいたので、野生の雁《がん》と間違われていた。羊たちはすでに野生化していて、人家には寄りつかず、びくびくしながら島中をほっつき歩いていた。夏は蒸し暑く、うす汚れていた。手入れの行き届いた宅地付属の菜園は、もともとどれも島の反対側にあったのだ。

ウスチーニヤの家の窓は、ほかの家と同様、広場の方を向いていたが、そうでない家もあった。湖に面した窓はたいてい母屋ではなく物置か何かである。湖岸から家までがウスチーニヤの敷地で、母屋とほかの建物がひとつ屋根だった。それと、岸の、それもぎりぎりのところに蒸し風呂小屋《バーニカ》が建っていた。ちょっと猫背がかった、ちんまりした小屋だが、月に二、三度、それは、自由気ままな、むやみと熱い蒸気と、枝箒と、つるつるした灰汁《あく》とでもって、ウスチーニヤに大いなる愉悦をもたらした。風呂小屋のそばにも母屋のまわりにも、なぜか木は一本もない。よその家の周囲にはまだチェリョームハ〔エゾノウワミズザクラ〕やナナカマドが残っていて、廃墟となった今も、小さな庭はそのままである。生えている木の種類で、かつて誰がそこに住んでいたかがわかった。島いちばんの高木は落葉松《カラマツ》――ここでは北の槲《カシワ》と称した――で、四方に大きく張り出したその枝は、村の夏祭りには欠かせなかったもの。その大きな傘の下に、村中の若者が集まったからだ。セーヴェル〔北ロシア〕の人びとはそうした場所を〈丘〉《ウゴール》と呼んでいた。アコーデオンあり、歌あり、叫びあり、テンポの早いチャストゥーシカ*ありで、その歌の文句には、片思いやら、哀愁を帯びた、いくらか挑戦的で大胆な響きがあった。

お茶のせいじゃないのよ、
あたしのお茶碗、色あせたのは。
誰にも言わないわ――どうしてあたしが
こんなに悲しい顔をしてるかなんて。

もちろん本格的な歌もうたわれたが、そういう歌は物思いに耽りすぎたり、やたらと長すぎたりして、とてもこんな小さな島には収まりきらず、湖面の波紋のように、遠いどこかの陸地まで、あっちの村こっちの村の祭り《グリャーニエ》の遊楽にまで届いたものだった。

＊主に四行からなる俗謡。叙情や時事問題をユーモラスに歌う。

おい、ルチーヌシカ*よ、どうしたんだい、なぜ燃えない？
さあ、明るく、ぱっと明るく燃えてくれ。
それともなにかい、おまえは暖炉《ペーチ》が嫌いなの？
可愛い白樺の娘よ、なんでそんなに湿気《しけ》てんだい？

老いたウスチーニヤの人生には――その〈丘《ウゴール》〉の大きく枝を広げた落葉松《カラマツ》の下ではついに吐露されなかった期待と望みと歓びと、あとにはいつも哀しみだけが残った……。若いウースチャ〔ウスチーニヤの愛称〕は美しくまた情熱的な、そして言葉にも行為にもきっぱりしたところのある娘だった。とてもエネルギッシュで、人生など三度も四度も繰り返していけそうだった。そんな力が大きな瞳にも頬にも――もっとも、その朝焼けの空も一瞬にして曇ることがあったけれど――燃えていた。ワンピースやサラファンはゆるむ間がなかった――激しくぐるぐる回転しながら、素早く締め直していたからだ。新しい靴はひと月ともたなかった。それほど踊りに夢中だった。若い者同士は、〈丘《ウゴール》〉でも湖畔でも誰の家でも、暇さえあれば踊っていた。ウスチーニヤはあるとき母親に言われた――靴を履いて踊るんじゃないよ、と。以来、はだしで踊るようになった。そして踵を叩きつけて踊る娘たちにも真似ができないほど、強く烈しくはだしの指を叩きつけるやり方を身につけた。

ウースチャは歌が大好きで、それなりの技量もあった。緊張する様子はなく、決して声を張り上げない。若い娘のキーキー声は高ければ高いほどきれいだ——酔ってそんなことを主張する女もいたが、ウスチーニヤの声はべつに甲高くはなくて、どこか自分自身のため、おのれの内なる魂のためだけに歌っているように思われた。歌いながらじっと耳を澄まして——声は十分に出ているか、歌の心を引き出せているか？　きっとそのためだろう、溌剌とした踊りだけではなく、烈しく心ゆさぶるその歌をも、誰もが誉《ほ》めそやした。

窓の下で、ある老婆がウスチーニヤについてこんなことを言ったことがあった——

「ただ歌ってるだけじゃない。心がこもってる。あれは本気だよ！」

すると、もうひとりが——

「そうさ。あれは〈恋する乙女〉……本気で誘っているんだよ。おお、どうかあれが幸せになりますように！」

こんなことを言った者もいる——

「それにしても、ガリガリの痩せっぽちだ。もう少しふっくらせんとな」

「なぁに、いまにぽっちゃりしてくるさ」

そんな噂を耳にすると、ウスチーニヤの顔は真っ赤になった。そしてすぐに血の気を失っ

＊灯火用の木片（ルチーナ）の指小形。ここでは女の子の名でもある。

て、やにわに駆けだすのだった――もうまるで湖に身を躍らせるような勢いで。しかし、それはほんの短い間のこと。やがてウスチーニヤは、大人の女たちの遊楽《グリャーンカ》にも顔を見せるようになった。でもそれもせいぜい半年ぐらいだったろう。ほんとは見物しているほうが多かった。なんといってもまだ小娘だ、〈花咲く乙女〉なんかではない。ただそれだけのこと……

「ああ、ほんとにあたし、齢を取ったんだ。それとも気が変になったのかな？」

突然、ウスチーニヤが声に出して言った――ふと物思いから覚めたみたいに。ぶるっと身震いすると、岸を離れて家に向かって歩きだした。

「また、馬鹿なことを思い出してしまった！」

だが、女にしても男にしても、年寄りが自分の青春を無念な気持ちで思い出さないことがあるだろうか？　年とともに思い出はいよいよ大事なものになり、いよいよ魅力に満ちてくるので、青春そのものが全然、いやまったく、まるでついこの間のことのように思えてきて、とても遠い昔ではない。以前、人生は限りないものだった。十五の年に七十歳の自分の姿を本気で思い描けば、確かに気も変になるだろう。

ところが、もうすでに七十五歳のウスチーニヤには、その青春時代がついこのあいだのことのように思えたのだった。おお、幸福で無邪気な時代よ！　いくら虐《いじ》められても、叩かれ髪を引っぱられても、そんなことはみな忘れてしまい、記憶にあるのは幸せな出会いや騒がしいお祭りや明るい愉快な野良仕事、大勢で茸採り苺摘みに出かけた思い出ばかり。そんなときは誰も人を辱めたり怒らせたりしなかったし、誰に対しても善いことだけを考えていた。そして本当に、そんな遠い昔には誰もがこの世でいちばん善い人間だった。飢えに苦しんでも思い出すのは、お腹がいっぱいだった日のことだけなのである。手には何もない。素寒貧だ。だからどうしたの？　そのかわり見て、この丈夫な体、あたしは元気。湿った大地をはだしで歩いてるわ、ほら見て、あたしは母なる大地をはだしで歩いてるのよ！　それに心やさしい隣村の親戚たち（何と言ってもお爺さんとお婆さんだ！）を加えたら、ちょっとした小さな思い出がどんなに愉しいものか——ああ、みんなで親戚のとこに招ばれ（たとえそれが一日、いや一時間でも）、美味しいものを出されたあとで、疲れたろうからきょうはゆっくりしていきなさいと言われたのがどんなに嬉しかったことか……そのあとさらに隣の家へ。そこでも歓待されて、またお隣りさんへ……

「ああ、老いぼれ婆ぁめ、とうとう喚《わめ》きだしたな。なんだい、涙まで流して！」

ウスチーニヤは愚痴ったが、もう遅かった。遠い日の思い出が大波のように襲ってきて、気がついたときには、もう呑み込まれていた

家に入ると、ウスチーニヤは、買ってきた黒パンの大きな塊を編籠に入れただけで、すぐには食べなかった。帰りのボートで、目方合わせのパンの切れ端をくちゃくちゃやってきたから、今はそれほど空《す》いていていない。

『自分がバーバ・ヤガーになるとはなぁ』――自分でもそう思うのである。気が滅入る。とても堪らない。昔のことが頭に浮かんできて、またも自分が哀れになってくる……若かりしころの思い出が今はっきりと蘇ってくる。思い出というのは、どうも悲しい人間にそっと身を寄せてくるようだ。

※　※　※

父親の死の知らせはウースチャをさほど長くは苦しめなかった。母親を助けるために学校に行くのをやめた。初めはそれが嬉しかった。しかし、母親のほうは毎日泣いて泣いて泣き明かした末に、再婚した。独りでは耐えられなかったのだ。いったい誰が独りぼっちでやっていけるというのか？　ウースチャはほっとし少し楽になったが、やはり学校には戻らなかった。それに、母親がすぐに子を産んだので、子守りをしなくてはならなかった。続いてまたひとり生まれた。継父はウースチャに優しく、とても愛想がよかった。でもなぜかウースチャは、継父をパパともお父ちゃんとも呼ぶことができなかった。いくら母親が叱っても駄目だった――何か不吉なことを予感していたのかも。

村祭りの夜、ウースチャは大人たちと一緒に〈丘《ウゴール》〉へ行くようになった。母親も止めずに、ただこう注意しただけだった――『踊りたいなら、樹皮靴《ラープチ》にしな。どうせ一足じゃ済まなくなるからね』。ウースチャははだしで踊ることを覚えた。そのときから二度と靴を履いて踊ることはなかった。十五になったばかりのときに、継父が義理の娘に手を出した。幸せいっぱい元気いっぱいのはずの青春が、烈しく粗暴《あら》く終わりを告げた。

あるとき、遠くの草場から帰ってくるとき、ウースチャが何かぼそぼそと聞き取れないようなことを口にした。

それを母親が聞き咎《とが》めて——

「どうして、おまえ、口を閉じてられないんだい？　そんな変な顔して……何かあったのかい？」

娘は、あのとかそのとか、何でもないわとか言って、最後に号泣した。

「罰当たりな子だよ。きっと踊りすぎて目が回ったのさ！」

母親は憎らしげに言い放った。

「朝早くから〈丘《ウゴール》〉にすっ飛んでいくのはよしな。もう少し眠らなきゃ。まったく、おまえって子は、ちっともじっとしてないんだから！」

母と娘の間に、ほかにどんな会話もなかった。もしウースチャに早急の医療が施されなかったら、母親は娘の悲しみなど何も知らなかっただろう。娘は、生みの母には何も話すまい一言も口にすまいと心に決めていた。母親にではなく、伯母——床に伏す姪を見舞いにやって

樹皮靴（ラープチ）

来た本当の父の姉、年老いた伯母にだけ、そっと恐ろしい秘密を吐いた。そのとき、ウースチャは血にまみれていて、起《た》ち上がることさえできずにいたのだ。察しの速い伯母はすぐさま継父を郡の女准医のもとに走らせた。その間に姪から洗いざらい聞き出した。そしてすべてを母親に伝えた。母親は何のことかすぐにはわからず、事実を知らされても信じなかった。恐ろしすぎて、とても本当のこととは思えなかったのである。

「何を言ってるの？　なんて嫌な子だろ、この嘘つき！　おまえ、いったい誰に濡れ衣を着せようっていうの？」

母親は、血の気の失せた娘、声を上げてすすり泣く自分の娘を怒鳴りつける。

でも、信じないわけにはいかなかった。恐ろしくなった——娘が、夫が、まだ幼い子どもたちが、自分自身が——みんなのことが案じられた。ああ、でも、何といっても恐ろしいのは夫の運命だ。

「お願いだから、誰にも言わないで！」

母親は義姉に懇願した。

「ぜったい誰にも言わないで！　ウースチャは泣きゃあしない。だからお願い、言いふらすのだけはやめて！　ああ、神さま、みんなが知ったら、どうなるだろう！　いいかい、ウースチャ！」

娘の方を振り返って——

「いいかい一言も口にするんじゃないよ！　あのひとを許してやらなきゃいけないよ。そうしなかったら、おしまいだ、一家の破滅だよ。牢屋に入れられてしまうんだからね」

「あんたは自分の娘が可哀そうじゃないのかい？」

伯母はぞっとした。

「可哀そうでないわけがないでしょう！　でも、もう取り返しがつかないんだ。娘はこの子だけじゃないのよ、うちには娘があと二人もいる。ねえ、だから許してやらなくちゃ！」

「あたし、許さない！」

不意にウースチャは子どもらしからぬ怒りを口にして、しくしく泣きだした。

「このあたしに向かって、おまえ、本性をあらわすんじゃないよ！」

母親は脅しつけた。

「みんなを破滅させたいのか？　『許さない！』って、どういうこと！　言ってもわからないなら……こっちを見な！　どうして自分の父親を許さないなんて言うんだい？」

「あんた、気でも狂ったのかい！」

伯母は自分の耳が信じられなかった。

「何を言ってるの？　なんであれがこの子の父親なんだ！　目を覚ませ！」

「目なんか覚ますか、あれはあたしの夫だもの！」

「あれはおまえさんの亭主なんかじゃない。強盗だ。強盗は裁判にかけなくちゃ」

「裁判になんかかけさせないわ。ウースチャを追い出してやる。裁判なんかに誰が……」

「あたし、許さない！」

小さな声で、素っ気なく、ウースチャが繰り返した。

村の准医は少女の体を診察し、その日のうちに郡の病院の外科に連れていった。調書が作られた。事件は裁判にかけられた。義父は懲役十年を食らった。

退院したウースチャは最初、伯母の家で暮らした。たしかに大人っぽくはなったが、村の婆さんの予想に反して、丸ぽちゃどころか、すっかり痩せ細って、前より顔色が悪くなった。目ばかりぎらぎらしていた。ほとんど外に出なくなった。何を言われるかわからない——義父が有罪になって、彼女は立場がない。後ろ指をさされ、さんざん嘲られた。『見たかい、あの踊り狂いの娘を！』——聞こえよがしに、汚い言葉を投げつけられた。このまま故郷で生きていくのはとても無理だとわかった。でもどこへ行ったらいいの？　何も思い浮かばない。ほかの土地へは一度も行ったことがないのだ。いちばんの不安がそれだった。自殺を試みたが、うまくいかない。からくも破滅は免《まぬが》れた。大勢がその場に駆けつけた。若者たちは彼女のはだしを見て、それまでにも増して笑いのめした。未成年者がこんなことをしでかしたら酷い目に遭うのは当然だ。畑でも草場でもつきまとわれた。乱暴されることさえあった。

母親と幼い子どもたちは家に留まったものの、暮らしの計《はか》がいかない。ほかに助けてくれる者はいない。輪番制の夜間の放牧は娘がいないとどうにもならない。畑も自分ひとりで耕すしかない――ウースチャなら馬鍬《まぐわ》で均《なら》してくれるのに。早朝の乳絞りも、あの子がいれば、牛たちを牧場に追い立ててくれるし、家事だって手伝ってくれるのに。母は思い知る――年長《うえ》の娘なしでは生きていけないと。それで頻繁に娘のところに出かけていった。行くたびに、やさしい愛想のいい言葉で――

「もうじき家に帰ってくるんだね？」

「あたしの家はどこにあるの、ママ？」

娘はためらっている――本気で。

「おまえの家はあたしがいるとこだよ」

「あそこはあたしの家じゃないわ」

「どうしておまえの家じゃないの？　何を言ってるの？」

「ママひとりなら問題ないの」

「どうしてあれたちがおまえを邪魔者扱いするというの？　あんなチビたちがどうして！　おまえの妹たちじゃないか！」

ウスチーニヤはしばらく口を噤んだ。母親は我慢できずに、またも繰り返す――

「どうして黙っているんだい？」

「何を言えばいいの？」

「何か言いなさい」

「何を言ったらいいの、ママ？」

「帰ってきな、おまえがいないとほんとにつらいんだよ、ウースチャ」

「あたし、できない」

「もう何もかも過ぎたこと、流れていってしまったよ」

「流れてなんかいかないもの」

「おまえの妹たちが家で待ってるんだよ？」

「できないわ、ママ」

「どうして？　体はどこも悪くないのに。意地が悪いね」

「あたし、体が悪いの。できないわ」

「何かまた考えたんだね？」

ウスチーニヤは何も考えていない。ただ、小さな妹たちが父親似であることにぞっとするのだ。大きくなったらあの子たちも、髪を伸ばして髭づらになるのでは。想像するだに恐ろしくなる。姉娘が幼い妹たちを家から追い出そうとしている——そんな疑いまでかけられた。それは嘘だ。しかし、夏うち子どもたちが祖父母のいる別の村に預けられたとき、ウスチーニヤはこれこそ自分が望んでいたことだと思った。

「さあ、もう帰るんだろ？」

母が娘に訊いた。

「家に帰る」

「てことは、あの子たちを追い出しやしないんだね？」

「しないわ」

「どうしてしない？」

「あたしはママと一緒に暮らすだけ」

「じゃ、あの子たちをどこにやる？」

ウスチーニヤはまた黙ってしまう。間を置いて――

「あの子たち、戻ってくるの？」

「そうだよ。戻ってきたら、またおまえは家を出て行くのかい？」

「わからないわ、ママ。あたし、あの子たちが好きじゃないの」

「誰も好きになれないようだね、厭な子になったもんだ」

「ママ、わからないの、あたし」

母親は幼い娘たちを思って大いに悩んだ。それでウスチーニヤを責めた。悩めば悩むほど、ますます姉娘が嫌いになった。

「お祖母ちゃんから便りが来たよ――もう子どもたちを連れて帰れって」

あるとき、また母親が――

「お祖父ちゃんもお祖母ちゃんも体がすぐれないから、もう世話できないって。あの子たちを町の養護施設に預けようかね？」

　そう言って、ウスチーニヤの心の内を探ろうとする。

「あたし、何もわからない」

　娘の返事はそれだけだ。

「狡《ずる》い子だよ、ほんとに。なんで同じことばかり言うんだい？」

　母親は怒りだす。

「そう言って、みんなを家から追い出したいんだ。そして最後に母親まで追い出す気なんだ」

「あたし、知らない！」

　どんなに働き手が欲しくても、娘がどんなに骨身を惜しまず仕事をしても、結局、ウスチーニヤを体《てい》よく家から追い出してしまったのである。

　ウスチーニヤは伯母の家には戻らなかったが、村で暮らすこともできなかった。彼女は生まれ故郷をあとにした。何年か消息がわからなかった。噂では〈都会〉のどこかで生きていたということだ。

※　※　※

　が、ウスチーニヤは、子守りや台所女中や洗濯女として暮らしを立てていたのである。坊さんや商人《あきんど》や、病身の男やもめのインテリの家で働いた。楽なとこ、厭なとこ、いろいろだった。働きながら、いつも故郷の村を思っていた。恋しかった。いつも頭にあったのは、もう忘れられたかな、それともまだ誰かあたしのことを憶えていてくれるだろうか、とそればかり。毎月少しずつ小銭を貯めた。そしてそれで欠かさず祭りの日のためのプレゼントと進物を買い、自分の小さなハンドバッグにしまっておいた。安くてもきらきら光る飾りものなら何でも貴重なものに思えたのである。下着も着物も買い溜めた。奥様みたいにいっぱい着飾って村へ帰ろうと決めていた。『みんなに一つずつプレゼントをあげるんだ。そしてあの大きな落葉松の下で踊るんだ。もうはだしじゃなく、踵の高いハイカラな靴を履いて、思いっきりステップを踏むんだ、そしたらみんなも、きっと……何もかも許してくれるだろう！』

『でも、ほんとにあたし、何かいけないことをしたのだろうか？』——そうも自問するのだった。悔しさが赤い斑点となって顔や首に出る。涙が溢れて止まらない。台無しにされた青春が、捨てた故郷が、哀れだった。しかしそれでも大事なものは、いずれみな自分のとこに戻ってくる——そんな気がした。そんなときは、なんだか時間が止まったように思えた。故郷の村は何ひとつ変わらず元のまま——どの家も少しも古びていない、生垣だって壊れていない。春はいつもの春、聖堂祭〔各教会の守護聖人の祝日〕から始まったし、秋にはビールを造り、婚礼を祝い、若者たちは夜ごと落葉松の下に集《つど》う。何も変わらない。素晴らしい！　女の子同士、男の子同士、みんな仲良しで、誰も年を取らなかった。結婚した女や男は、もう昔なじみの娘や男の子ではなく、見知らぬ他人のようである。ウスチーニヤは自分をあの最後の幸福なころと少しも変わらないと思っている。でも今は、はだしではなくぴかぴかに磨いた短靴だし、サラファンではなくドレス——サテンや繻子《しゅす》の、しかも新品だ。耳には耳飾り、頭にはウールの、模様が入った短いショール。大丈夫、また始まるわ、何もなかったみたいにまたやっていけるわ。

「忘れてくれただろうか、それともまだ忘れないでいるのだろうか？　許してくれた？　それとも……」

※　※　※

ウスチーニヤはこれまで何度か犬たちの死に目に遭遇した。自分もよく知っていた斑毛《ぶち》の番犬はトラックに轢かれた。飼い主がそばに寄ると、犬は主人を見つめ、最後の力をふりしぼるようにして頭をもたげた。そして呻き声を上げながらも、尻尾を振って、お手までしたようだった。きっと犬はまだ、主人が心のやさしい自分の主人で神様で、自分を助けてくれて、自分もまた生きていけると思ったにちがいない。だが主人は、犬の尻尾を摑んで、ぽいとそばの排水溝に放り込んだのである——通行の邪魔にならぬようにと。

犬は本当に死んでしまった。

ウスチーニヤは何度、飼い猫の産んだ子猫たちを自ら水に漬けて殺さなくてはならなかっただろう。自由耕作地の地下のむろの板枠は、だいぶ前に挽かれて薪にされてしまったが、残った土台穴にはいつも水が溜まっていた。そこにウスチーニヤは子猫たちを投げ込んだのだ。ぴいぴい啼いて泳ごうとする子猫たちを、いちいち棒で叩いて沈めたのである——徒《いたずら》に苦しまないようにと。

何百羽もの鶏の雛たちも、ウスチーニャが手斧でつぎつぎ首を叩き落とした。なぜか？そうする必要があったから。いや、そうするのが当たり前で、残酷でも何でもなかったから。激しい痙攣。頭のない胴体がぴゅっぴゅっと血を噴き上げ——自分が死んだことも知らぬげに——そこらを半周するや、ばたりと斃れて、それでお仕舞いだった。

魚が網や簗《やな》の中でまたナイフの下で動かなくなるのを見てきた——数えきれないくらい。人間の最期にも立ち会った。臨終祈禱や泣き歌も聞いている。一家全滅のことだって記憶にある。

村を出たために目にしたものもある。たった数十キロしか離れていないところで大火災が起こって、あっと言う間に森が消失した。流れが浅くなって、古い川床が干上がってしまったのだ……

だが、ウスチーニヤにとって、村が完全消滅するなど思ってもみなかった。廃屋は倒壊し、やがてこそとも音を立てなくなったのである。ひと村まるごと亡びるさまを、それまでウスチーニヤは見たことがなかった。それが今になって……

時とともに夫婦の外貌が似てくるとは昔からよく言われているが、百姓家《イズバー》そのものもいつの間にか、主《あるじ》の顔とそっくりになってくるようだ。ウスチーニヤもそれに気がついていた。確かにそうだった。家がゆっくりと外貌を変えながら、しかも避け難く崩壊していくのである。それを黙って見ていることほどつらいことはない。

湖岸ぎりぎりに、大きな木造家屋が建っていた。中庭のある二つの建物はひとつ屋根の下にあって、一方の窓は湖水を、もう一方は円型の村の広場に面していた。その間に畜舎があった。戦前は大きいほうに大家族で暮らしていたが、二つだけではとても足りなかった。一家の大黒柱とその妻、舅と姑、それと妻の両親とが同居していた。さらに息子二人とその嫁たちのほかにその嫁たちの姉妹も住んでいた。その子らは孫にして甥。息子三人が独身で、娘三人もまだ未婚――夫の姉妹だ。それら男女は揃いもそろってなかなかの気取り屋で、あることないこと自慢話をするのが大好きだった。男女を問わず、若い連中は、村で最初に都会風の身なり――スカートもブラウスも――をし、前掛付きのサラファンではなく、やはりハイカラなドレスを着て、同い年の子たちよりずっと早くから紙巻煙草を吸いだした。それも安物の丁香《チョウジ》の刻み（手巻き）ではなく、立派な吸口付きの紙巻きである。銘柄も《飛行機《サマリョート》》とか《一服しょうぜ《ダワイ・パクーリム》》とか《ロケット》とか粋なやつだった。

一家でいちばん始末に負えないのが年寄りの主《あるじ》のマトヴェイ・トロポーフで、その大家族男のいわば魂と腹とを牛耳る支配者《ヴラドゥイカ》。しかも村で最初に自宅の窓を湖水と陸地に振り分けた男であった。それは、お天道さまが片時も自分の家を見捨てることのないように、また村の内と外（湖上）で起きていることをいつでも同時に確認できるようにするためだった。畜舎を家と家の間に置くことを思い付いたのも、おそらく彼だった。創意工夫に富み、話す言葉に力があった。恰幅《かっぷく》よく、つねに堂々としていた。通称をトロプィギン。この渾名は本人の、また息子たちの、孫たちひこ孫たちの第二の姓となった。じっさい、この家のどこにトロプィギンが思い付かなかった装飾があっただろう？　珍妙この上ないそんな装飾はどれもこれも、ただただ隣人たちを羨ましがらそうと思って拵《こしら》えたのである。窓わくと門扉には彫物が施され、玄関口の上、柵の上、屋根の両端にも、雄鶏や馬の首のかなり派手な色の彫刻がのっかっていた。壁の羽目はなかなか凝っていたし、蛇腹の模様も見事に彩色されていた。いずれにもマトヴェイ・トロプィギンの創意と手際の良さが表われていた。気取った、おしゃれなトロプィギンの家はどこもかしこも、大層な自慢屋だったトロプィギン家の人びとに、とにかくよく似ていた。

しかし、どれもこれも灰燼《かいじん》に帰してしまったのである。

それは、三人の息子が戦場から戻らなかったことから始まった。未亡人になった嫁たち、見た目のきれいな働き者の女たちは、苦しみ悩んだ末に、元の自分の村に嫁《とつ》いだ。女たちは子どもたちを分け合った――年長の子たちは自分で引き取り、下の子たちを養育のために祖父母のもとに置いていった。大きくなった孫たちのうち、一人はチェレポヴェーツの建設現場で働き始めた。もう一人は工場技能者学校を卒《お》えると、どこかの工場に就職した。戦死しなかった二人の息子は自宅で暮らすのを嫌がって、老人たちが生きている間は、夏だけ客としてやって来た。長男は軍に留まって将軍にまでなった。その下は党務に――こちらは地区委員会の書記に選出された。トロプィギン家の娘たちは〈いかず後家〉にならずに、うち器量好しの二人は休暇中の水兵がレニングラードに連れていった。残った一人は地区センターにある縫製組合の支配人に収まった。

老トロプィギンは自分の運命を嘆かなかった。子どもたちはみな一人前になった――ソヴエート権力は誰をも侮辱しなかった。戦没者についてはいい、もう何を言っても仕方がない――死んだものは死んだのである。どの家でも誰かが死んだ。どの家でも一人か二人は亡くなっていた。老人はすべてをありのままに受け入れたが、それでもあの大家族、仲睦まじかったトロプィギン家は崩壊した。せかせかして少しも落ち着かない老人は、生きるのが面倒臭くなり、あらゆることに興味がなくなった。やりたいことも声をかける相手もいなかった。そうして一家の大黒柱は死んだ。病気にもならず、咳もせず呻きもせず、不満も訴えず、誰にも迷惑をかけず、医者や代診には一度も世話にならなかった。病気にならなかったのは心構えができていたから――つまり死ぬべき時が来た、もう死ぬべきだと自ら悟ったからだった。

女房のトロプィギナは、そのあと何年かを子どもたちの家で暮らした。毎年二、三か月は将軍の家で暮らしたが、浮薄でいつも着飾っている嫁（将軍夫人）との間が気まずくなると、もうひとりの息子（党書記）のところへ移った。そのあとは、娘の住むレニングラードからまた別の娘の家（こちらも同じレニングラード市内）へ、《波を越え、海を渡り、今日はこ明日はあちら》と移ろいながら、最後はやっぱり故郷の村の娘のところに漂着する。嬉しいことに、この最後の娘は縫製組合の支配人だったから、夏冬ごとにサラファンもショールもコートもひととおり新調してくれた。そうしてそれを着て、またぞろ息子たち娘たちの家をぐるりひとめぐり……。

今、トロプィギン家の窓は塞がれている。飾りも扉の框《かまち》の彫物も朽ち落ちている。だが肝腎なのは、建物の中央部の屋根が大きく撓《たわ》んで、垂木《たるき》そのものが腐っていることだ。トロプィギン家は〈とことわの家〉をめざしたのだが、このオトシープコヴォ村には永遠なものなど何ひとつなかった。堂々たるトロプィギンの家屋敷でさえ、今では背骨のへし折れた獣そっくりだ。窓を覆った板の隙間から、時おり、濡れたようなガラスが弱々しく光るのだった。

トロプィギンの家のまわりのブリヤン草とスゲの中から、暖炉《ペーチ》――切り藁と砂を混ぜた粘土――の残骸が突き出ている。ウスチーニヤも、かつてのここの住人たちをよく知っていた。でも今は誰もいない。思い出したところで仕方がない。

しかし、そのすぐ隣の、ペラゲーヤ・ステーピナの家はまだ遺っていた！　いろんなことが思い出される。それにしても、あのひとはなんて不潔でだらしない主婦だったろう！　その不潔とだらしなさを知らない者はひとりもいなかった。みんなが集まるお祭りのときなど、サモワールやヴォトカの壜を囲んで盛り上がるのは、いつだってポーリカ〔ペラゲーヤの愛称〕にまつわる笑い話だった。それが飛び出さないことには、会話も弾まなかった。たとえば、こんな話――ポーリカがあるとき、乳絞りに、専用の桶ではなくごみバケツを使った、しかもそのバケツの水で床まで洗った、と。すると、すかさず誰かが――『でも、あれがいつ床を洗った？　そんなこと聞いたことないわ。朝起きても、ぐずぐずと、汚い下着姿のまま暖炉《ペーチ》のまわりをうろうろし、作るものだってとんでもないものばかりじゃないの』と手厳しい。村の女たち（とくに隣同士）は、互いに焼き上がったパンなどをよく差し入れたりしたものだが、ポーリカとはなるべくそれを避けようとした。というのも、ポーリカのでっかい丸パンには決まって髪の毛か、何かもっと嫌なものが混入していたからだ。しかしそれでも、祭日には、なんとか魚肉を詰めたピローグらしきものを作ったし、魚肉と一緒に胸当てのぼろの一部を詰めたりもしたのである。もちろんわざとではなく、おそらく捏ねているときにシャツの下から落ちたぼろ屑だったにちがいない。それを坊さんに差し出しながら、わざわざこんなことを言い添えたものだった――『さあお召し上がりください。ピローグに何が入っていても、気にしちゃいけませんよ！』。ペラゲーヤ・ステーピナの亭主のことが話題になることはなかった。とにかく亭主は決して一家の主《あるじ》ではなかったからなので。誰かが亭主を悪しざまにこき下ろしても、『なぁに、あれは大黒柱でも何でもないから！』――それでお仕舞いだった。女房に手綱を渡すような男は、村ではぜったい亭主ではなかったのである。

そういうわけで、ステーピン家は〈ポーリカの家〉と呼ばれていた。拭き掃除も片付けもなく、家中ごみだらけだった。屋根の上にはいつも何か棒きれ、古い枝箒、古靴、古わらじが転がっていた。上がり段の、通常なら乾いてるはずのところにも水溜りができていた。そのころはよく豚がジャガイモ畑を踏み荒らしたので、生垣はいつもぼろぼろだった。崩れた個所にはトウヒの枝を押し込むか、轅《ながえ》や熊手で補強していた。果してトウヒの枝がどれだけもつものか？　新鮮なうちは鶏だって菜園に侵入できないが、針葉が枯れて大穴があいてしまったら、もう生垣は生垣でなくなってしまう。

ポーリカの家の裏口は湖に面していて、これがまた笑いの種だった。湖の方に向いた板張りの隙間から、むき出しの尻が見えた――そこはポーリカの家の便所だったのだ。ボートに乗った悪戯者《いたずらもの》たちはよく、銃に乾燥豆を詰めて、尻っぺたを狙ったが、一度も命中しなかった。そのためかどうか、ポーリカの家も便所の隙間を板で塞がなかった。

オトシープコヴォ村に遺った三つ目の家は、松葉杖をついた人のようだった。一家にびっこを引いた者はひとりもいなかったのに、その家の住人によく似ていた。まともな一軒家ではない。つまり半壊状態で、元の半分しかないのだ。以前は二つの百姓家《イズバー》がひとつ屋根の下にあった。主壁で二分されて壁が五つもあるやつで、そこに仲良く一家族が住んでいたが、二人の息子が学業を終え、二人とも学のある（つまり学校出の）娘と結婚すると、ひとつ屋根の下では——たとえ二つに分かれた造りでも——いろいろ面倒なことが生じてきた。そこで長男のほうが、屋根の勾配を残したまま自分の分を解体し、島の端っこに移築した。そのままだともう一方は崩れてしまうので、屋根の下の隙間に支柱を立てた。いま遺っているのは、柱に寄りかかった半分屋根のほうで、どう見ても松葉杖をついた人間のようだ。なぜそれが、だいぶ昔に故郷を捨てた学ある一家の者たちにそっくりなのか、ウスチーニヤにもうまく説明できないが、まあとにかくよく似ていた。しかし、こちらは夫婦仲がうまくいかずに、結局、離婚した。子どもがいなかったので、家は売られて薪になり、それぞれが新しい幸せを求めて、それぞれ別のところへ引っ越した。

捨てられた家が元の持ち主を思い出させるので、ウスチーニヤはつらかった。少しずつ壊れていくのが堪らなかった。目の前で人間が生きながら仆《たお》れていくような気がした。まず生が失せ美が失せ、年ごとに貧しくみすぼらしくなって、ついには乞食みたいになった。この世に乞食として一日でも長く居るためには、腰を曲げ、背中を丸め、瞼を涙でいっぱいにして、他人の同情を引かなくてはならない。

島に独り残ったウスチーニヤはときどき、打ち捨てられた墓にでも参るように、よその家を訪ねるのだが、それはいつも安全とは限らない。トロプィギン家の敷居を跨いだときなど、いきなり床板が二枚も落ち、足下の藁が崩れて、窓敷居に茶色い塵が煙のように舞い上がった。背骨の折れた屋根、裂けた天井の梁——どれも見るに堪えなかった。しかも危険であった。くしゃみをしただけで、灰燼が暖炉《ペーチ》の煙突より高く舞い上がった。

しかし何がつらいといって、遠い昔、若い妻として未来の絶対権を手にした主婦として——当時はそうなることを信じて疑わなかった——自分の生家の前を通ることくらい侘びしいことはなかった。それはいわば焼け跡《ペペリーシチェ》——かつての自分の幸福の燃え残りだったからである。傍らを過ぎることさえ物憂く、ときに恐ろしくなった。しかし、ほんとに幸福だったのだろうか？　もちろん、そんなことはなかった。ただ眼前にちらついただけ。ああ、でもあのころは……いやまったく、夢見ただけでも有難いと思わなくては……

※　※　※

迷える娘を母は快く迎え入れた——母娘《ははこ》の間に何事もなかったかのように。

「まあおまえ、どうしたんだい？　調子よさそうじゃないか。ちょっと太ったかな。ずいぶん恰好いいこと！　それにまあ、えらく着飾ってさ。まったく見違えてしまうよ。いったいどこでそんなお宝を貯め込んだんだい？　ほんとに働いて稼いでいるの？　なんて耳飾りだろう、凄いじゃないか！　こんだけの耳飾りはそうそう身に付けられるもんじゃないよ」

ウスチーニヤは、きらきらする耳飾り——小さなガラスに金箔を被せてある——を耳からはずして、母に差し出した。

「おまえ、気でも狂ったのかい？」

母は手を引っ込めた。本当は嬉しくて堪らないのである。

「説教するわけじゃないけどさ、こんなふうじゃ、持ってきたものをみな他人《ひと》にやってしまうよ。いっぱいいっぱい持ってきたの？」

「いやはや！　でも、いいかい。この島にあるのは砂と石ころばっかりなんだからね……あ、そんなことよりお茶にしよう。そしてバッグの中をぜんぶ見せておくれ」

「いいよ。開けるわね、ママ」

妹たちは背が高くて脚が長い。二人とも怯えた目でウスチーニヤを見ている。ほんとにこのひとは姉なのだろうか、どう振る舞っていいのかわからない様子である。母は頷いた。

「おまえの妹たちだよ。ずいぶん大きくなったろう？　あと一、二年したら、おまえを追い越しちまうよ。ところで、あの人、まるきり音沙汰無いんだよ。ああ、ごめん……」

ウスチーニヤの顔が曇ったので、母親はしどろもどろになる。継父のことを、なんで今ここで？

ウスチーニヤはバッグの鍵を開け、中から服地を取り出すと、女の子たちに一枚ずつ与える。それを見て母親は嬉しさを隠せない。

「ああ、よかったよかった。これで仲良くやっていけるね。今じゃあたしらはみな孤児《みなしご》なんだもの」

そう言って母親は泣きだすのだった。

ウスチーニャはほっとした。熱い蒸し風呂小屋《バーニャ》から出てきたようでもあり、長い精進と聖餐式が済んだあとみたいに幸福な気分だった。ウスチーニャは、みんなに必要とされる心やさしい人でいたいと思った。侮辱的なもの《オビードノエ》は一掃された、とそのとき思った。*

村に噂がひろがった――ウスチーニャがお金持ちになって母親のとこに帰ってきた、と。以前の遊び仲間、男も女もまだ結婚していない連中が〈丘《ウゴール》〉で彼女を待っていた。七月の夕日が沈むころだった。〈丘《ウゴール》〉は盛り上がった。お祭りでも始まったようだった。みんなは羨ましそうに、また恭しくウスチーニャをうち眺め、彼女の服や靴に触っては、都会暮らしのことを矢継ぎ早に訊ねるのだった。ウスチーニャは幸せだった。酔っ払った者さえいなかったら、言うことはなかったろう。酒を飲んでいたのが三人いて、そのうちの一人がいきなり言ってきた――

「すげえ金持ちになったんだってな！　それにしても、なんでそんなに金が溜まったんだ、え？」

もう一人、これも酔っていたのが、その若者をやっつけた。三人目が仲裁に入るが、暗く

＊セーヴェル人にとって他人を侮辱したり嫌な目に遭わすことはいちばんの悪徳である。

て誰が誰だかよくわからない。でも、ウスチーニヤをかばおうとした男の子（これも酒が入っていた）のことだけは、すぐに思い出した。そのときから、彼女にとって彼がこの世の誰よりも大事な良い人になった。初恋の始まりだった。

　村にはこんな習わしがあった。もし若者が結婚すれば——たとえそれが一日二日でも——すでに一人前の男とみなされて、同い年の仲間が集う〈丘《ウゴール》〉には行けなくなるのである。一緒にいる場所が、たとえば仕事の合間の一服は家長や大人の集まるザワーリンカ[*1]になる。若い娘たちにはもっと厳しい条件がつく。嫁いだら、ココーシニク[*2]を付け、長い髪をプラトークで隠さなくてはならない。それで永久《とことわ》の老婆《バーバ》となる。未通女《むすめ》たちの若者宿や遊楽とも永遠におさらばである。間違いを犯せば、それに対してどんな辱め（また不名誉）をも甘んじて受けなくてはならない。いつまでも嫁に行かなければ、好くない噂を立てられる。さらに悪いのは、みんなに対して罪があるかのような境遇に落とされてしまうことだ。木戸や玄関口にタールを塗られるようなことはめったにないが、からかわれ嘲《あざけ》られて、とにかく物笑いの種にされてしまうのである。

　ウスチーニヤをかつての仲良したちは受け入れなかった。幾晩かを落葉松の下で過ごしたが、娘たちのえげつないほのめかしや男の子たちの厭らしい目配せが我慢できずに、泣きながら家に帰った。みなに配ったガラスの飾り（ヨールカ祭り用のビーズ）も、裁縫針のセットも、ちょっと変わった舶来物のブローチもボタンも、結局、何の助けにもならなかった。

流す涙がしょっぱくなっていった。『どうしてそう意地悪するの？』——腹を立ててはしくしく泣いた。いちいち言葉に棘があるのだ。そのころ、母親自身も似たような陰口と誹謗に耐えていた。

イリューハ・ワーリコフは、酔った連中と一緒になってウースチャに絡《から》むことはなく、むしろかばってくれたのだが、でも、そんなときは、たいてい本人も酔っていたから、彼女を悲しみから救うことにはならなかった。

「おれにはわかってるんだ。おまえはいい子だよ！」

ふらつきながら、イリューハはしどろもどろに、そんなことを言った。

「おまえはおれが守ってやる、おれの後ろに、この石の壁の陰に隠れてりゃいいよ」

ウスチーニャは、そんな言葉が嬉しいので、酔っていても、イリューハが誰よりも素敵な善《い》い人に思えた。女の子たちは、酔った男たちを怖いと思っているが、ウスチーニャは酔ったイリューハ・ワーリコフを怖いと思ったことはない。ただ可哀そうと思うだけだった。ある朝、イリューハ・ワーリコフは二日酔いで頭痛がした。ウスチーニャはすぐにボートを漕

＊1　農家の軒下の板囲いした防寒用の盛り土で、そこに腰かけてよく談笑した。村の社交場。
＊2　北ロシアの既婚女性の祭日用の被りもの。

ココーシニク

いでカナーシキノ村へヴォトカを買いに行った。イリューハはつまみもなしに半瓶を流し込んではしゃぎだした。そしていつもよりずっと善い人になって、こんなことを言った──

「おまえがいなかったら、きょう、おれぁ、おっちんでたよ……わかるかい、おれぁ、どうしたって呑まずにゃいられなかったんだ。一グリヴナ〔十コペイカ〕も残ってなかったからなぁ。きのうだって、みなして呑んだのは一ポルチーナ〔五十コペイカ〕ぽっきりだった。おまえはおれを救ってくれたんだよ。だから、これからはおれを当てにしていいぜ。おれがついてりゃ大丈夫だ」

「当てにしてるわ」

「そうともさ。おまえ、おれの暮らし、知ってるか？」

イリューハはもう酔いが回ってきたようだ。

「なに、今にわかるさ。おれはな、ずうっと財宝を探してるんだよ」

「知らないわ」

「そんな宝、誰が埋めたの？　どこにあるの？」

ウスチーニヤがおずおずと訊ねる。

「誰が埋めたかだって？　財宝だって？　何のことだい？　おれが言ったのは幸福のことさ。おれはそいつを探してる。おれが読み書きを習ったのは、幸福のためなんだよ。おれは読み書きができる。つまり、この世のどこかにおれの幸福があるってことだ。あるはずだ！　ないわけがない。じゃ、それはどこにある？　おまえだって自分の幸福を見つけたじゃないか」

「あたしがどんな幸福を見つけたって？」

　ウスチーニヤは本気で驚く。

「でもな、おれは自分の幸福が見つけられねんだよ。一人息子だけど、幸せじゃねんだ。都会暮らしをしてたとき――粉袋を積み込んだり馬の体を洗う仕事だったがな、迎え酒のグリヴナさえ持ってなかった。でも、おまえにはそれがある」

「イリユーシャ、あんた、ほんとにお金が足りないの？」

「お金がない、だって？　おれ、そんなこと言ったかな？　おれはいっぱいは要らん。つらいから呑むだけだ。なんで呑むか？　おれの幸福をほかの奴らが奪いやがったからさ。幸福が見つかったら、おれは酒なんか呑まないよ」

「酒は呑まないで、イリユーシャ」

「おまえ、お金まだある？」

「呑まないで、イリユーシャ」

「あといくら残ってる？　見せてみろ、そうおっかながらなくていいよ。おれはおまえのためなら何でもやってやる。いいか、おれはおまえのためなら、狼みたいに誰の喉でも掻っ切ってやる。おまえはどこも悪くないんだよ。おれの嫁さんになってくれ」

「何を言ってるの、イリユーシャ！　ほら、これで半瓶買えるけど、でも、このままあたしのとこに行こうよ、呑みたいだけ呑めるから」

「そうしよう。行って結婚するんだ……」

そのとおりになった。彼は一家の一人息子で、家柄もよく裕福だった。

都会暮らしというのも、まんざら嘘ではなかった。ウスチーニヤと同じでやはり悲哀を舐めたのである。

『ああ、これがあたしの幸福なのかな？』と、ウスチーニヤは思った。『……案外そうなのかも』。前髪がハンチングの下から飛び出しているイリユーシャ。いかにも人の好さそうなその丸顔、伸び放題の髭。でもそんなものは剃っちゃえばいいんだし……この幸福、ちょっとふらついてるけど、大丈夫かな？　しゃんと立てるのかしら？　なぁに、だめなら、あたしが支えてやればいいんだわ！　かわりに彼があたしを守ってくれて、誰にも侮辱を許さない。そうよ、このひとはあたしの石の壁なんだ。何があっても、あたしを守ってくれるわ』

「行くわよ、イリユーシャ！」

「よし行こう。でも、おまえんとこにつまみはある？」

※　※　※

イリヤー・ワーリコフの父と母は、品よく厳かにウスチーニヤを受け入れた。若い娘はすぐに打ち解けた。親たちも、こんな明朗な嫁なら、息子も酒を断って、ワーリコフ家の血筋を絶やすことなく、まっとうな農業経営をやってくれるだろうと期待した。いやひょっとしたら、一目置かれる立派な農民になってくれるかも。息子はひとは好いのだが、気が鬱《ふさ》ぐと簡単にヴォトカに手が伸びる……まあしかし、誰にだって弱みはあるさ……現にこの嫁にも、他人《ひと》に言えんような不幸があったらしいが……でも本当にこの娘《こ》に罪があったのか……

ウスチーニヤは幸せすぎて怖かった――そのうち急に何かが変わってしまうのでは！　この世にイリユーシャのほかには何者も存在しなかった。ふつう若い娘は嫁ぐとすぐに大人顔になり、より控えめにより慎ましやかになり、ずっとしっかりしてくるものだが、ウスチーニヤの場合は逆に、何年か前のまったくの〈女の子〉になってしまった。後れ馳せの青春が、若さが戻ってきたのである。イリヤーは真面目になった。いつも彼女と一緒にいたいばっかりに、どこへも出歩かず、がんがん働くようになった。ウスチーニヤはそんなイリヤーがほんとに好きになった。好きにならずにいられなかった。でも好きになれば、どうしたって疑い深くなる。だんだん焼き餅を焼くようになった。

「おれ、だめになったかな？」

あるとき、二人の親密さが増したあとで、イリヤーが訊いた。

何のことかわからなかった。しばしの沈黙ののち、またイリヤーが問うた。

「おれ、下手くそか？　そうなのか？」

「あんたは善い人よ！」

ウースチャは率直に応える。

「善い人じゃねえのは、どういう人だい？」

「善い人じゃないのは、よくない人ってことよ」

「じゃ今、おまえには善い人が必要ってわけだな？」

「そうよ、もちろんだわ！　あんたは善い人よ」

「ということは、よくない奴らにはうんざりなんだ？」

「よくない人が多すぎるんだわ、イリユーシャ」

まだウースチャには相手の言っていることが呑み込めない。

「でも、善い人であるってことにおれがうんざりしたら、どうなる？」

「あなたは善い人よ、イリユーシャ。あたし、あなたが好きよ」

また別の日、キスしたとき、ウスチーニヤが軽く噛んだ。するとイリヤーが罵言《ばげん》を吐いた。

「こんなこと、おまえ、誰に教わった?!」

「どうして厭なの？」

ウスチーニヤは驚いた。

「あたしを噛んでよ、あたしは我慢強いよ」

「そいつはおまえを噛んだのか、おい?!」

ウスチーニヤはぞっとして、イリユーシャを見つめる。やっとわかった。わかって泣きだした。

「なんで涙なんか？　そいつが可哀そうになったか？」

「イリユーシャ、あたしが可哀そうじゃないの？　あたし、何も悪いことしてない。潔白よ。あんたに対しても神様に対しても何も悪いことしてないわ」

イリヤーは彼女が不憫になって抱きしめた。二人はほっとし、眠りについた。だが、そんな平安もそう長くは続かなかった。

明くる日、イリヤーと父親とウースチャは、湖の先の森の草場に向かった。その日のうちには刈り終わらなかった。そこで舅が言った。

「今夜はここで一泊するとするか。あしたも刈らなきゃならんし。ここにはうちの小屋がないから、よそのを使わせてもらおう。近くに丸太小屋がある。猟師小屋みたいな立派なやつだ」

「それはどこにあるの、おとっつぁん？」

ウスチーニヤは不安になった。

「ほれ、あの坂を下った先だ。小屋は古いものだが、わしはよく知ってる。戸は壊れてない。屋根はトウヒ葺きだ。たしか腐ってるとこがあったが、なに、葉っぱで覆えばいいさ。干草を燃やせば蚊も入ってこんだろ……」

「おとっつぁん、あたし、森の中じゃ眠れないわ。家に帰りましょう」

「何でもないよ。大丈夫だ、ウースチャ、眠れるから」

「家に帰ろうよ、イリユーシャ。あした早く来ればいいんだから」

ウスチーニヤはほとんど祈らんばかりである。

「また何を言い出すんだ、蚊が怖いんか？」

イリヤーは驚いて――

「都会暮らしで甘やかされたな？」

「いいから帰ろうよ、イリユーシャ……」

「じゃあ、あれは何なんだ？　誰がおまえを噛んだんだよ？」

そのとき、ふと義父は思い出した――その小屋が嫁にとって他人の小屋ではないことを。

「そうか、ウースチャ、あれはたしかおまえの実家《うち》の小屋だったな、忘れたのかい？」

森の草地の端。すでに黄昏《たそがれ》どきである。義父は腰を下ろしてタバコを吸う。イリヤーは父親のいるところではタバコを吸わない。大鎌を肩にのっけて、そばに立っていた。ウスチーニヤも大鎌を草の上に置いた。義父が小屋のことを口にするや、彼女はまるで熱に浮かされたように、いきなり大鎌を手に湖へ、ボートの方へ駆け出した。何も忘れてなんかいない！

その森の小屋こそあの小屋だった。ウスチーニヤはすぐにわかった。ぞっとした。恐ろしくて、あのときみたいに舌が言うことを聞かなくなった。〈あのとき〉って何だ？　ついこのあいだのことではないか。あたかもすべてがきのうの出来事のようだった。

「イリユーシャ、早く帰ろ！」

ウスチーニヤは振り返りもせずに叫んだ。

「おい、いったいどうしたっていうんだ！」

義父は吸差を草の上に投げ捨てた。大鎌をほっぽって、イリヤーがウスチーニヤのあとを追いかけた。

一晩中、ウスチーニヤは激しく泣き続け、一方、イリユーシャは根掘り葉掘り問い質《ただ》すのだった。

「てことは、あそこで何かあったってことか？　なんて場所を選んだもんだ！　で、おまえはよかったんか？　そうでもなかった？　ほんとのことを言え、どうだったんだよ？」

朝、二人は草刈りには行かなかった。ウスチーニヤには無理だった。イリヤーは安ヴォトカを呑み過ぎた。呑むとまた少し優しくなった。

「誰もおっかながることないよ」

しきりにウスチーニヤを宥《なだ》める。

「おれ、誰にもおまえを侮辱させせねえ。守ってやる。おれはな、石の壁……」

ウスチーニヤは泣いた。

「泣くなって。なんでそんなに咆《ほ》えるんだよ？」

イリヤーは怒る。

「前にも言ったろ。おれが付いていれば何でもないって。それとも、おれのほかにこういうことをおまえに言ったやつでもいるのか、どうなんだ？　ほんとのことを言え。なんで隠そうとする？　おれはただ、ほんとのことが知りたいんだよ！」

「あたし、つらいの、イリユーシャ！」

「おれはつらくねえってか？　平気だってかよ？」

「ああ神様、どうか死なせてください！」

ウスチーニヤは泣き喚く。

「もう、あたし、疲れました」

妻のそんな懇願を聞いて、イリヤーは我に返った。しかし、それも束の間。焼き餅焼きの怒りが波のように繰り返し襲ってきた。ウスチーニヤは、日中はできるだけ姑のまわりで家事を手伝うようにしていた。家畜の餌やりや、ジャガイモ畑の盛り土、台所仕事、サモワールの仕度をし、夜は姑の広いペチカの上の寝床によじ登ると、その傍らに体を丸めて、愛する自分の夫から身を守ろうした。

「おお、可愛い娘よ、あたしらは二人とも懲役人みたいだね。あたしなんか一生こんなことに耐えてきたんだよ？　ああ、考えただけでも恐ろしい」

「あたしは何も悪いことしてないわ、おっかさん！」

「あたしだってこれまで何も悪いことなんかしていないよ。それにあの子だって悪くない。あれはひとのいい若者よ。ただ悪魔に唆《そそのか》されて……」

「おっかさん、あの人に言ってやって……」

「そりゃ言ってるさ、毎日毎日同じことを」

ウスチーニヤは舅にも守ってもらおうとした。舅は嫁を可哀そうとは思ったが、息子にどう言えばいいのか、わからなかった。一方、イリヤーは、親たちに泣きつく女房にますます腹を立てるようになった。

「なんだか、おれがおまえを虐《いじ》めてるみたいじゃねえか。なんでおれが謝らなくちゃなんねえんだよ？」

「あたしにどうして欲しいの？」

ウスチーニヤが訊く。

「欲しいのはおまえの真実だけだ。ほかには何も要らない」

「それってあたしのどんな真実？　あたし、吐き気がする」

「この世にどんな真実があるか、おまえだって知らんわけはないだろう！　都会暮らしをしてたんだから、いろんな厭な目に遭ったはずだ。そうだろう？」

「そのとおりだわ。じゃあ、何のためにあたしは村に戻ってきたの？」

「町で誰かほかのやつと世帯を持ったらよかったのさ。都会なら誰も何も知らんし、闇から闇だからな」

あるとき、舅は、そんな嘲りに腹を立て、息子を殴った。

「おまえはガミガミ屋だ！　そんならなぜ結婚した?!　何も知らなかったとでも言うのか？」

イリヤーは二日も家に帰らなかった。ウスチーニヤは不安で居たたまれず、恐慌に耐えていた。夫は酔って帰ってくると、初めて女房をめちゃくちゃに殴りつけた。そんなことはこれまで一度もなかった。ウスチーニヤは抵抗しない。驚きもしなかった。イリヤーは着ていた自分のシャツを引き裂いて、彼女に許しを乞うた。

「おれ、なんで酒を呑んだと思う？　おれをみんなが面と向かって非難した。おれを笑いものにしたんだ。でも、もうそれもなくなる。約束するよ。もう二度とおまえに手を上げない」

「イリヤー、ね、あたしを家に帰して！」

「なんでまた？　帰るって、どこに？」

「実家に、ママのところに」

「実家にだって？　帰ってどうするつもりだよ？」

またも彼は思いめぐらした。すると忌々しさが募ってきて、言わずにいられなくなった。

「家に帰る？　じゃあおまえは、あいつのとこへ行くつもりだな？　でも、あいつがいるのは刑務所だぞ……」

ウスチーニヤ自身も、なぜ母親のところへ帰るのか、わからない――『あの家にはほんとに何も期待もできないのか、いくら頑張っても報われないのだろうか？』

何よりつらいのは、イリヤーが頭痛を訴えるときだった。宿酔《ふつかよい》から妄想が湧き、訳のわからぬことを言い出して、底意地が悪くなる。それが嫌で自分でボートを漕ぎ、八分の一か四分の一リットル瓶を買ってくる。とたんに夫はやさしくなり、やさしい言葉をかけてくる。金が尽きると、夫は妻の持ち物を売り始めた。スーツケースはもう空っぽだ。ウスチーニヤは抵抗しない。どうせそのうち収まると高をくくっていた。が、間もなく、最後のひとつまで無くなった。

「おい、どこに隠した！」

イリヤーが怒鳴る。

「誰のために大事にしまってんだよ？　おれはおまえの罪を隠してやった。体を張って、おまえとおまえのものを守ってきた。なのに何だよ、どういうことだ？　それがおれへの感謝の気持ちか？」

「ほっといて、イリヤー！　あたしを自由にさせて。あんたはあたしの心を干からびさせて、さんざん苦しめた。もう駄目よ！」

「へっ、なんだい、あばずれ、都会女め、何を言い出す？　首を絞めてやる！」

その夜、イリヤー・ワーリコフは自分の女房を半殺しの目に遭わせた。

そして、明け方に家が燃えてしまった。牛も何頭か焼け死んだ。

どうして全焼したのか、誰にもわからない。一切不明——それで終わった。

「神様がわしらを罰しなさったんじゃね」

イリヤーの老母が言った。そして夫のワーリコフも同じことを口にした。

※　※　※

火事で一家は隣家に避難した。ウスチーニヤの母が彼らを招《よ》んだが、どうもその招び方はさほど熱心なものでなかったらしい。もしかしたら、ウスチーニヤがみんなに何か不吉なことを口走ったのかも。それでイリヤーもイリヤーの両親もそれをことわった。

ウスチーニヤだけ母親のところへ引っ越した。むろん、起こった不幸のことで彼女を責める者はいなかった。家が燃えた、それも全焼——それだけだ。しかしそれでも、彼女の身辺に何やら薄ら寒いものが漂いだしたのは事実である。ウスチーニヤが働いて貯めたものを、愚かにもイリヤーが呑んでしまった——そんなことは誰もが知っていた。

「身ぐるみ剝がれて、おまえは乞食になっちまうぞ！」

みながそう言い言いした。それで彼女はいくらか慰められた。つまり、自分の苦しさをわかってくれていると思ったのだ。結婚の歓びなど何もなかった。こんな暮らしを続けていくくらいなら、オールドミスでいるほうがいい。淵に飛び込むか首をくるか、それより生きたまま火に焼かれて死んだほうがましだ！　世間は見てるだろうが、人間ひとりの心の中まで見とおすわけじゃない……

イリヤーは、恐ろしい一夜が明けるや、村から姿を隠した。またぞろどこかへ自分の幸せを求めて去ったのである。老父母は隣家に身を寄せた。ウースチャは実家に戻った。じっさいそのとおりで、べつにイリヤーから逃げたわけではない。しかしそれでも、ウスチーニヤは厭な目で見られた。ウスチーニヤこそ不幸の因《もと》──そう思われていたからである。そればかりか、実母から亭主を奪ったとか、義父《ちち》をシベリア送りにした娘だとか、立派な家に嫁いだくせに、今では夫を故郷の村から、いやこの世からも追い出してしまった、あれは舅や姑からも〈家の暖炉《ペーチ》〉を奪った嫁だ云々……。なんといっても、あれだけ立派な家がまるごと焼け落ちたのだ、あれが嫁いでくるまでは何事もなかったのに、まったくとんでもない女だと、情け容赦がない。疫病神の女のせいでみんなが不幸になった……こんなことなら、いっそよその国にでも逃げたほうがどんなによかったか。

「手が離せないから、おまえ、乳搾りをやっておくれ」

あるとき、母親が言った。

台所にあった搾乳桶を手に中庭へ。ちょっと水でゆすぐ。以前に何度か搾ったことがあったのだが、牛たちの記憶は曖昧なようである。餌をやりながら、いくら盛り上がった肩や脇腹や鼻面をやさしく叩き、いくら可愛い名前を呼んでやっても、大して乳は出なかった。牛たちは、ウスチーニヤが乳首を摑むと、向きを変えてモーモー啼き、尻尾で脇腹をピシャピシャやって、たえず足を踏み替える。なかには椅子ごとウスチーニヤを倒そうとするものもいた。ウスチーニヤは腹を立て、桶だけ持って家に戻った。母は不満顔である。

「たったこれだけかい？」

「そうよ」

「壺に移して、もいちど搾ってきな。ぐずぐずしないで！」

「もう出ないよ、ママ」

「出ないって？　ひと桶だけ？」

「ひと桶だけだわ」

「おまえ、牛に邪視をかけたね*？」

「あたしのことなんか、憶えてないわ、あの牛たち」

「おまえのことを忘れたってのかい？　もういいよ、あたしが搾るから」

　母親は桶に残った乳を皿に注いで外に出ていったが、ほどなくからっぽの桶を提げて戻ってきた。顔が怒っている。

「ああ、ウースチャ、ウースチャ、あたし、もうおまえとはやっていけないよ。おまえは不幸を背負《しょ》ってるんだ。聞こえてくるのは、おまえの悪口ばかり。ここでもうまくやっていけないんだ。おまえも耐えられなくなるし、まわりだっておまえに我慢できなくなる。やっぱりここの人間じゃないんだ、村の人間じゃないんだよ。おまえは！」

「じゃ、どこならいいの？」

「なんであたしがおまえの居場所を知ってなきゃいけないんだい？　どこなと好きなとこへ行ったらいい……」

「どうしてあたしなんか産んだの、ママ？」

ウスチーニヤは泣きだした。

彼女自身、自分の村では平穏無事に暮らせない——行き場もないし、心を打ち明けられる人もいないとわかっている。ここは自分が生まれた土地、故郷、ただそれだけのこと。こんなに愛着しているのに、あたし、いったいどこに身を置けばいいの？　もうすぐコケモモが熟し、茸がぞくぞく頭をもたげてくる。白いオオサマタケ、赤い頭のキンチャヤマイグチ、カラハツタケ……茸採りもなければ苺《イチゴ》摘みもない秋なんて秋じゃない！　ここにあるのはどれも自分のもの、都会《まち》にあるのはぜんぶ余所《よそ》もの。よそのパンはなかなか口に馴染まないし、よそのスープもすんなり喉を通らない。

しかしそれでも、ウスチーニヤはまたも自分の村をあとにしなくてはならなかった。それでどこへ？　自分にもわからないが、とにかく足の向くまま。風呂敷の中身は着替えと履き

＊不吉な目で相手を睨み（目で呪いをかけて）相手に不幸や病気をもたらすこと。

古した短靴――残っていたのはそれだけだったので。

舅と姑は、ひと冬を他家で送ることなく亡くなった。

春が来た。ワーリコフ家の焼跡にイラクサが、続いて長脚のヤナギランが芽を出した。焼け残った丸太は隣家の薪になった。

※　※　※

義父は刑務所から戻らなかった。まだ生きているのかそうでないのか――便りひとつない。もし革命も戦争も起こらなかったら、ヴェーラ〔ウスチーニヤの母〕はなんとしてでも夫を捜し出しただろう。しかし、そうはならなかった。人びとの暮らしが、人生そのものが激変したのだ。それはまるで大道を突っ走る大型の荷橇のようだった。誰もが激しく揺さぶられ翻弄されて、気がついたときには大勢が視界から消えていた。ヴェーラには（夫の消息を）問い合わせる先さえ見つからなかった。夫はどこに、どんな権力の下に生きているのか、みんなと同じように腹を空かせているのだろうか？　そんなことは神様だけがご存知だ。何度か便りはあったけれど、それは裁判があった直後のことで、あとは小石を投げた淵でチャポンと音がしただけ――それきりだ。

ヴェーラはあっと言う間に老けてしまった。年を追うごとに、背が曲がり、痩せこけた。

灰汁《あく》色の、疲れた、怒りっぽい顔に皺が増えるにつれて〈ヴェーラ〉という美しい娘みたいな名前までが、まるで似つかわしくなくなった。

十《とお》や二十歳《はたち》なら〈ヴェーラ〉でもいい。でも半世紀を超えたなら、どうだろう？　ドーニャの愛称で呼ばれていたのがアヴドーチヤと、マーニカもマリーヤと、アーリカもアレフチーナと、ちゃんと正式名で呼ばれるようになったのに、ヴェーラだけは本名も愛称も同じヴェーラ*のままである。父称が一緒ならまだしも、村で父称を付けて呼ばれるのは、男か一家の主だけ。女たちはもっぱら通称（渾名）で呼び合うから、本人不在のところでは侮辱的な響きが伴うのである。

人生の最後のころ、ヴェーラは熱心に祈るようになった。あらゆる教会の儀礼としきたりを厳しく守り、精進し、懺悔《ざんげ》し、神の前でも村人たちの前でも、おのれの罪を告白した。

「二人も夫がおりました。こんなあたしは罪深い女なのでしょうか？」

泣きながら彼女は言った。

「一人を戦場に、一人を監獄に追いやりました。子どもをいっぱい産みました。まともに教育を受けさせてやれませんでした。長女のウースチャを零落させました。あれは乞食になるしかないし、男から男へ渡り歩くことでしょう。あれは今、〈ああ神様、どうかお赦しくだ

*信仰、信心の意で、もともと中世のロシア語。

さい！）どこにいるのやら……悪いのはこのあたしです。ちゃんと見守ってやりませんでした」

亡くなる少し前、ヴェーラは、ウスチーニヤに会ってこれまでの自分の罪を詫びたいと思うようになった。ウスチーニヤは帰って来た。会って、思わず二人は声を上げた――それほど二人は変わり果てていた。

「ああ、ああ！」

ウスチーニヤは死にかけている母親の床に身を投げる。

「どうしてもっと早く呼んでくれなかったの？　つらかったでしょうに」

「こうなって、おまえはさぞかし嬉しかろうの？」

母親はぼそぼそと愚痴った。それはセーヴェル人に特有の愚痴り方だ。

「何を言うの、ママ！　可哀そうに、こんなに痩せてしまって」

そう言って娘は、枕辺や膝（骨と皮ばかりの膝）の上の粗布《あらぬの》を直し始めた

「ああ、おまえも齢を取って醜くなったね。なんだか山羊が襤褸《ぼろ》をかぶったみたいだよ、もう少しちゃんとしたら？　身ぎれいにしたらどうなんだい？」

「ちゃんとしてるわよ、ママ。誰もあたしのこと、悪く言わないよ」

「おまえが身持ちのいいのはわかってる。ああ、神様、お赦しください。もうよその男を横取りなんかしないいね？」

「そんなことする必要ないもの、あたし。誰からも横取りしたことなんかないわ」

ウスチーニヤは自分を抑えていた。それがよけい病人を苛《いら》つかせる。

「ウースチャ、おまえはあたしの人生をめちゃくちゃにしてくれたんだよ。神様がお裁きになるさ。あたしがとやかく言うことじゃない。なんてったって、あたしの心の支えを奪ったんだからね。みんなを叩き出して乞食にしちまった。そして自分はよそんちを転々として、よそんちの山羊たちの歓心を買ってまわってる」

そこまで言われて、ウスチーニヤは我慢できなくなった。

「無事にあの世に行けるといいね、ママ。神様がお裁きになるわ。あたしがとやかく言うことじゃないもの。病人はたいてい気弱になるものだけど、元気なのは意地の悪さだけね。フライパンみたいにジュージューいってる」

「この碌でなし!」

ヴェーラは吠え立てた。

「帰って来たのは、あたしの息の根を止めるためなんだ。おまえなんか娘じゃない。ああ神様、どうか罪深いあたしをお赦しください」

「神様が赦してくれるって? どうやって? 神様が真実を知らないとでも? 神様は何もかもご存知だわ――あんたがあたしを家から追い出したことも、あたしの人生を滅ぼしたことも。あんたを裁くのは神様で、あたしはあんたを許さない」

ヴェーラは仰天する。唇が震え、目から憎悪の輝きが消えた。

「ああ、何をするか、このふしだら女め！」

ヴェーラは嘆願する一方で、ウスチーニヤに向かって振り上げる――長いこと洗っていないその細腕を。

「さあ、あっちへ行け。祝福してやるよ。あたしはね、今から死ぬんだから。ああ、この罪深いあたしを赦しておくれ！」

和解は得られなかった。二人は心の中で互いを許さなかった。とはいえ、最期はすべてが人びとの習慣と教会の法に則って行なわれたのだった。

母を葬ると、ウスチーニヤは血を分けた姉妹の一人――妹のペラゲーヤと一緒に暮らし始めた。しかし、彼女としてはそれを、他人の家で家政婦をして働くよりはるかに居心地が悪いと感じていた。

どうにもうまくいかない。ウスチーニヤは再び都会《まち》に出た。

※　　※　　※

ウスチーニヤの脳裡を、ある若者たち――ある時期、村を飛び出した若者たちのことが脳裡をよぎった。それは、なんとかどこかに住み着いたら、二度と故郷には戻らないと心に決めた者たちのこと。『あの人たちは今、どうしているんだろう?』。軍隊にいた者は軍の証明書の代わりにパスポート〔身分証明書〕を貰い、さまざまな仕事に就いて、そのまま町に残った。商店の夜警とか、大浴場のボイラーマンとか、とにかく働いている。娘たちは最初に出会った男と結婚した。何がなんでも村を出て町に行こうとしたのである。偽装結婚も稀ではなかった。彼らは、労働者を掻き集める斡旋屋にとって願ってもないお客様だった。声をかけられると、海底だろうと噴火口だろうとついていった。

だがウスチーニヤはいつも思っていた——自分のいちばんの不幸は、永く暮らしたのが自分の家でも自分の小さな島でもなかったことだ、と。彼女はこれまでずっと故郷の岸辺に心惹かれてきた。静かな湖水のたゆたいと、大きく枝を広げた落葉松の下での祭りの踊りに。それから円い睡蓮の葉の下でぴちゃぴちゃ音を立てるカワスズキに、夜には近くで鳴き喚く鶴の群れや蛙たちに——そんな生まれ故郷に魅せられてきたのである……

ウスチーニヤはさまざまな町で暮らすことになった。大きな町、小さな町、近くのまた遠くの。なかにはリフトでしか上れない最上階のお金持ちの家……でも、それでも、丸太を組んだ百姓家《イズバー》のある故郷の村こそ、この世でいちばん光り輝く場所に思えるのだった。どんなに広い平らな通りを歩いていても、砕いた煉瓦を敷き詰めた、緑陰の濃い、どんなに涼やかな教会に立ち寄っても、やっぱり彼女は、幼いころのように、井戸や釣瓶《つるべ》のまわりを駆け回り、生垣や編垣の間を走り抜け、水溜りの飛び石をぴょんぴょん跳んだりしたいと思うのだった。

またどんなにハイカラなものを身につけても（もっとも、そうしたものはたいてい女主人のお下がりだったが）、いくら質素な白い肩掛け（これは女中や料理女のいわば肩章だ）や黒いマダポラムの厚地の綿布、さらに凝ったレースの縁飾りとウエストラインにたるみが付いた豪華なものを身につけても――それでもやっぱり彼女には、村で着ていた、ゆったりしたサラファンやジャケットや花柄のエプロンのほうがずっとずっと着心地《ぎごこち》がよく、美しいように思われた。

どんな立派なベッドで寝ても、思い出すのは、新鮮な干草の山、草原の匂いや香りだった。夏の夜の芳《かぐわ》しい干草置場はまた格別で、聞こえてくる雄鶏の雄叫び、犬の吠え声、湖の魚の跳ねる音、こけら葺きの屋根に落ちる静かな静かな雨の音、そこから射し込む天の光と水の光、魔法のような月明かり……

今どきの若者は、いったい何を考え、何をめざしているのだろう？　尻軽、お転婆、跳ね返りたちはいったい何を求めているのか？　なぜ家に居着かず、のらくらしているのだろう？

ウスチーニヤと妹はしばらく一緒に暮らしていたが、二人ともときどき自分を居候のように感じていた。ペラゲーヤには家族がいるから、買ったもの儲けたものは、たとえ一本の落穂でも一本の糸屑でも、何でも蟻塚みたいな自分の場所に運び込むが、ウスチーニヤのほうは、いくら働いてもいくら骨の折れる仕事をしても、気がつけば、なんだかすべてみな他人のもの——よそんちのパンを食い、よそんちの屋根の下に住んでるような気がしてくるのだった。考え込み、頭を抱えて、泣き叫ぶ。何のために自分は生きているのか、誰のためにこんなにへとへとになるまで悩むのか。誰がこうまであたしの人生を不具にしたのか。泣き喚いては、昔のことを思い出し、思い出してはますます、幸せな自分の妹を憎たらしく思うのだった。

少し落ち着きを取り戻して——それでもこれはペラゲーヤのためではなかったが——コルホーズで働きだしたとき、ウスチーニヤは、孤独な、土地も家族も持たない百姓の運命と和解した気がした。少なくとも自尊心は傷つけられなかったし、侮辱感もなかった。コルホーズが姉妹を対等にしてくれた。しかし、怨念——憎しみというよりは怨念だが、それはペラゲーヤが戦争未亡人となっても、少しも変わらず在り続けた。みなが正しく平等に分け前にあずかるために、それでも神は真実から目を離さずにいるのだという、あの残酷な、他人の不幸を喜ぶ感情を、ウスチーニヤは、ペラゲーヤが夫の名誉の戦死を知った恐ろしい日に味わったのだった。

「そんなに泣き喚くな、おまえが最初じゃないし最後でもないんだ！」

妹の呻きやすすり泣きに耳を塞いで、ウスチーニヤは叫んだ。

「泣くんじゃないよ。神様はすべてをお見通しなんだから」

「神様はお見通しだの、あたしばかりが不幸でないだの、それがどうしたっていうの？　あたしには関係ないわ。あたし独りでこれからどうしたらいいの？」

「じゃ、このあたしはどうなんだい？」

「ここを出てけば」

「出てかないよ！　なんてごたいそうな泣きっぷりだこと……」

「出てけ！」

「どこへ行けっていうんだい？　これまでさんざん死ぬような目に遭ってきたんだ。もうどこにも行かないよ。追い立てられやしないよ。あたしらは今、どっちも独りぼっちだ。しばらく泣きたいだけ泣くがいいさ。おまえも、ひょっとして、自分の人生について何か感ずることがあるかもね。そしたら、おまえがどっかへ行けばいい。あたしはここに残るから」

　そのころ、ウスチーニヤは（まだそんな齢でもなかったが）もうだいぶ前から、自分の家族や小さな家を夢見ることがなくなっていた。相変わらず痩せていたが、腰は曲がっていない。しゃんとすれば、背は以前より高くなったかと思うほどである。しかし、心根がねじこけて、こちこちに固まってしまった。今では誰も、（たとえ冗談でも）彼女を〈嫁〉とも〈藁の女〉とも呼ばない。希望も情熱も消えてしまった。

　だがそれでも、運命はまだ彼女に声をかけてきた！　ある男やもめが結婚を申し込んできたのである。五人の子持ち（一番下が生後半年）の男が求めていたのは、料理と洗濯のできる、ただただ辛抱強い女……。ウスチーニヤは固辞する。怯《おび》えたのだ。少々齢の行った富農*で唯一の財産相続人というのも言い寄ってきたが、どうやらその男は、低い家柄の日雇い農婦（浮浪者つまり彼女）とちょっとばかり（二年ほど）縁を結んで罰を免れようと考えたらしい。彼女のほうも、主人顔して納屋や地下むろの鍵をガチャガチャ鳴らしてみたいと、どんなに思ったことだろう！　だが、そんな誘惑には乗らなかった。いずれ身の破滅となるような家の門はくぐれないと判断した。もうたくさんだ。自分のため他人《ひと》のために日雇い農婦になって、どれだけしょっぱい涙を流してきたことか。涙は干上がり、心はねじけて凝り固まった……

望みは消え、情熱も燃え尽きた。

残ったのは、痛みと、運命の不公正、神の掟とかいうもののいい加減さに対する怒りと恥辱ばかりだ。それともちろんペラゲーヤへの嫌悪である。すれば当然、息子や娘は親たちの罪の報いを受ける羽目になる。それから怨念――これまでずっと自分を辱めてきた者たちへの、吐露されなかった、かといってつねに自覚していたわけでもない怨念だけが残って、たとえ彼らがこの世からいなくなっても、つらい記憶は胸裡を去らず、誰かをしんそこ愛する

＊もとは農民の金持ち・地主層を意味しただけだが、革命後、スターリンが全面的農業集団化を強制したときに富農（クラーク）を搾取階級として弾圧したので、富農の中には低い家柄の貧しい女性を配偶者に仕立てて自分の身分を隠そうとする者もいた。

ことをさせないのである。

※　※　※

「おおい、お婆さん、牛乳はある？」

「いっぱい要るのかい？」

「四人だけど……」

「あるよ、それくらいなら」

　やって来たのは二隻の釣りボート。ベストを着て、ズボンを膝の上までまくり上げた若者たち。はだしで岸に乗り上げた。麦わら帽をかぶっているのが二人。町の人間らしい。ウスチーニヤはすでに窓から彼らを見ていた。ボートの着岸を待って、自分の用事で出てきたとでもいうように外へ出る。灰色の二匹の子猫があとに続いた。

「お婆さん、ここらにミミズはいますかね？」

「ミミズかね？」

「そう、ミミズ」

「なんもないが、ミミズならどこにでもいるよ」

「どこにでもって、どこに？」

「いっぱい要るのかね？」

「大丈夫、心配しないで。お婆さんの分は残しとくから」

「スコップは持ってるかい？」

「持ってます」

「スコップがいるかと思って」

「要りません。どこを掘ったらいいか、教えて」

「おまえさん方はこの土地の者じゃないようだが？」

「ここの人間じゃないです」

「だろうね、どこでミミズを掘ればいいかなんて訊くもんだから」

「べつに心配なんかしてませんよ」

「でも、訊いてるだろ」

「お婆さんは話がしたくてしようがないんだね？　いいから、どこを掘ったらいいのか、教えて」

「そりゃあ、お喋りもしたいのさ。なんでまたそんなことを訊くの？　あたしは独りでここに住んでるんだよ」

「ええっ？」

「ほら、あそこに凹んだところがあるだろ。あそこをほじくったら出てくるよ。サイロの跡だ」

一人が、工兵用の小さなシャベルと缶詰の空缶を手に、昔ウスチーニヤが住んでいたワーリコフ家のかつての敷地の方へ歩いていく。今は草ぼうぼうで、焼跡には何もない。何もなくても、彼女の土地には違いないので、よそ者に勝手に墓――彼女の暫しの幸福である墓――を掘っくり返されては堪らない。

「そっちじゃない。おまえさん、どこへ行くんだ！」

ウスチーニヤはかすれ声で叫ぶ――

「右の方だよ、わからんかな。サイロの跡だよ。藁が積んであったんだ」

猫たちは崖の草の中から釣人たちを目で追っている。そして全員がボートを離れるや、さっと水辺に下り、蛇のように音も立てずにボートの中に滑り込んだ。狙いは魚。猫たちは思い込んでいる――いくら釣果《ちょうか》のない人間でも活餌《いきえ》ぐらいは持ってるだろう、と。

二人がウスチーニヤのあとから家の中へ。麦わら帽をかぶった大頭の、眉毛の白い若者と、片腕の（たぶん戦傷だ）、ちょっと年を食った男。ウスチーニヤはどちらも知らなかった。土地の者ではないことは確かである。

「何の用だい？」

小部屋を抜けたところで、ウスチーニヤが訊く――自分の執務室でどっかの長官が来客たちに向かって言うような台詞である。

「何か食わせてくれませんか、お婆さん？」

麦わら帽の若いほうが言った。

「何かって何を？」

「牛乳でもいいんです」

「乳をくれって言うのかい？」

「そうです、お婆さん」

「あるよ。卵もある」

「そりゃいいな。ペトロ、坐ったら？」

大頭の若者が腕のない年上の男に言う。

「ところで、何で支払うつもりだい？」

ウスチーニヤが訊いた。

「お婆さん、大丈夫だ。ちゃんと払うから。心配しなさんな」

「心配なんかしとらん」

「もう戦時下じゃないんだから」

「そうさ、今は戦時下じゃないから、ただってわけにゃいかん。おまえさんたちは大勢だが、こっちは一人なんだ。ちゃんと払ってもらうよ。どうだい、魚は買うかい？」

「魚は自分たちで釣りますよ。牛乳を持ってきて」

「うちの魚は取れ立てだよ」

「魚は要らない」

「樹皮靴《ラープチ》も編んでるんだ。どうかね、ラープチは？」

「そんなの、昨今《いま》は誰も履かないよ、お婆さん」

「それはわかっとる。六足あるんだ。じゃあフェルトの長靴か何かにしようかね。うちには小さい羊がいるんだ」

「ありがとう、お婆さん。ほかに何かいるの？」

「いるさ。何でもいるし、何でもある。ぜ～んぶあたしのもんだ、買ったもんじゃないよ」

「牛乳とパンを出して」

ペトロがぶっきらぼうに言った。

「胡瓜《きゅうり》があるよ。ジャガイモも玉葱も。卵を売ってもいい」

「卵か、いいね。じゃあ卵にしよう」

「いくら出す？」

「いくらも持ち合わせがない。みんなも同じだ。卵なんて安いもんだ」

ペトロはこんなやりとりにうんざりしている。が、麦わら帽の白い眉毛は、なぜだか急に、樹皮靴に興味を示した。

「お婆さん、樹皮靴《ラープチ》は自分で編んだのかい？」

「そうだよ。誰も編みやしないさ」

「見せてください」

「なんでまた、あんたに？　どっちみち履きやせんだろうに」

「モスクワに持ってくよ。お婆さんのことをみんなに話してやる」

「話したってしょうがないさ。あたしは独りで生きてるんだ。誰の邪魔もしてない」

「博物館に納入するんです」

「納入だって？　人に見せるためにかい？　恥っさらしになるだけだよ」

「いや、きっと称賛されますよ。おれなら、お婆さんの黄金の腕を誉め称えますね」

「おまえさんが言ってるのは、樹皮靴《ラープチ》のことじゃないね？　おまえさんが見たのはどんなやつだい？　たかがラープチじゃないか」

ノックの音。ウスチーニヤが応える前に（待ちきれずに）入ってきたのは、ミミズを探しに行っていた二人だった。日焼けした、汗だらけの顔。じゃぶじゃぶやったばかりの両手が濡れていて、少々興奮気味である。

敷居の上から、一人が叫んだ――

「いっぱいいるよ。この赤いやつはカワスズキの好物なんだ。さあ何か食おうぜ……ペトロ、何かあったのかい？」

片腕のない最年長者のペトロが長椅子から起ち上がる。大きな花を活けた壺を倒しそうになった。挿してあったのは白樺の花である。

「行こうか。火を起こして魚スープ《ウハー》でも作ろう。婆さんとは話がつかなかった」

「なんでつかなかったんだい、お婆さん？」

乳を取りに行こうとしたウスチーニヤは、驚いて——

「こりゃまた、何を言うかと思えば！　話がつかなかったって？　うちには乳も卵もある。菜園には何でもあるんだ。あたしがふっかけたかね？　いま持ってくるから、待ってな。勘定はあとにしよう。まずは食べなされ。年寄りを怒らせるもんじゃないよ」

釣人たちがいちばん気に入ったのは、クワス[*1]で、山葵《ワサビ》や青い玉葱や煮たジャガイモが入ったクワスもあった。

「このオクローシカ[*2]は凄いね、お婆さん！」

「オクローシカだって？　そりゃポフリョープカ[*3]だよ」

「たしかにポフリョープカだ。しかも十分に冷えてる……ここに冷蔵庫はあるの？」

「地下むろだよ。春、炉口の窪みに雪を投げ込んどけば、夏いっぱい融けないんだ。秋までもつよ。昔はどこの家にも地下むろがあったもんさ」

「オクローシカ、これ美味いな！」

「ちょっと待ってな。サワークリームをかけた葱を持ってくるから。田舎料理が気に入ったんなら、そいつはいくら褒めても褒めきれんだろう」

「おれたち、みんな田舎もんだよ、お婆さん」

「その田舎もんが……農民が、この時期、魚釣りってわけかい？」

「おれたちはただの農民じゃない、コルホーズ員ですよ」

「ほお、コルホーズ員かね。それで樹皮靴《ラープチ》をモスクワに送るってわけかい？」

「誰がそんなことを言った？　そうか、フィリップか？　お婆さん、フィリップはこの土地の人間で、モスクワで勉強してるんだよ」

「いいことだ！　それで将来、何になるつもりだい？」

「なるんじゃなくて、なんかの職に就かされるのさ。大臣か、もしかしたら、どっかの長官にね」

彼女は、台所から持ってきたまな板の上で、まだ青い玉葱を刻むと、それを木の器に移しながら、言った——

「このごろは長官なんて大して勉強しなくてもなれるんだろ。ズボンがちゃんと履けたら長官なんだ。でも、女どもは相変わらずそんな男どもの監督下で這いずり回ってる」

男たちは互いに見交わし、笑いだす。

＊1　ライ麦またはライ麦と麦芽で作る微アルコール性清涼飲料。
＊2　クワスに野菜や肉などを刻みこんだ冷たいスープ。
＊3　穀類の粉、ひき割り、ジャガイモなどのスープ。まずいスープの意でもある。

「なら、女にもズボンを履かせれば」

「それじゃ、誰が働くんだい?」

ウスチーニヤは本気で叱りつける。

「誰が荷物を運ぶんだい? いいや、それがわしらの運命なんだ……昔は女たちには寝る暇もなかった。夜明け前に起きて、家畜に餌をやり、子どもの世話をし、ペチカに火を入れてパンを焼く。みなにものを食わせたら、男より先に畑に出た。今もおんなじさ。なんも変わらんよ。昔は男が自分の女房に命令してただけだが、今じゃ十人の女に手綱をつけてる。なのに女のほうはなぁんも文句を言わん」

「村じゃそうかもしらんけど、町の女たちは尊敬されてますよ。自由になったんです」

「村の女たちは大事になんかされとらん。尊敬なんてとんでもないよ」

玉葱の匂いが家のほかの匂い——魚、クワス、大蒜《ニンニク》、花の匂いを圧倒した。ウスチーニヤは、山盛りの刻んだ玉葱を擂粉木《すりこぎ》ですり潰し、塩を振っては味見をする。肘までからげたジャケットの袖。若者たちは、その日焼けし、骨ばった、青く血管が浮き出た逞しい腕に見入っていた。橈骨《とうこつ》と尺骨がはっきりしていて、その骨と骨の隙間を薄い皮膚が覆っている。ウスチーニヤの茶色い腕はさながら松の小枝、節くれ立った指はその新芽にそっくりだ。

『まるでバーバ・ヤガーだな!』

婆さんの腕を見て、大頭のモスクワの学生はそう思ったが、そう思ったのはどうやら彼だけではないようだ。

「ここでだって女は敬意を表されとるよ、それもたっぷりとな」

と、またウスチーニヤ――

「馬にうまく首輪を嵌めるときは、まず優しく撫でてやるんだ。繋いでしまえば、こっちのもの。あとは好きなだけ鞭を食らわす。男なんてみなそうさ」

「いったい誰に腹を立ててんだい、婆さん？　あんたひとり、勝手に……」

「ひとり勝手に、だって？　……ああ、そのとおりだよ。唄にもあるだろ――

めす馬はおす牛も同然で、
女子《バーバ》も野郎《ムジーク》と変わらない

だがな、いつまでもそうじゃあるまいよ」

新鮮な葱が本領を発揮した――老婆の涙が止まらず、会話は途切れてしまう。ウスチーニヤは、山盛りの混ぜものをテーブルの真ん中に置くと、台所から持ってきたサワークリームの壺にじかにスプーンを突っ込もうとしたが、思い直し、改めてコップで分量を確かめてから野菜にかけた。

「さあ感謝して食べなされ。こういうものから元気も健康も得られるんだ。胃もたれせんから、気持ちが落ち着くよ」

男たちは、出された山葵、玉葱、卵、ジャガイモ、クワス、それと乳を、それこそがつがつ食べては飲んで、何度も褒めまくる。

「凄いなあ、お婆さん！　大したもんだ、まかない上手だね。誰にでもこんなものを出すの？　それともおれたちだけ特別なのかな？」

「あたしゃ、依怙贔屓《えこひいき》はせん。みんなに出しとる。湖には夏、大勢ひとが来る。魚も、鴨もいるし、空気は言うことなし。あたしんとこで食べるのがいちばんだ。ここしかないよ。まあ、たらふく食べなされ！　もっと何か持って来ようか？」

「ありがとう、お婆さん。もう腹いっぱいだ。お勘定してください」

「払えるだけでいいよ。ご随意に」

それで、誰もがよく知るあの厭ぁなことが始まった。ウスチーニヤがどうしても金額を口にしないのである。

「好きなだけ払えばいいさ。それだけでもこっちは有難いんだから。まさか年寄りを怒らすようなことはせんだろう」

とは言え、自分は侮辱されたら黙ってはいないし、自分ははした金のために精いっぱい料理を作ったのだぞ（つまりこれは戦いだ！）――そんな様子がありありなのだ。一方、今時《いまどき》の若者は〈定価〉に慣れきっているから、掛け合いができない。

いくら払えばいいのか、本当にわからない。余計に払いたくないから、交渉も始められない。

「お婆さん、遠慮なく言ってよ。言ってくれただけ払いますから」

「言うまでもないさ。でもなんだい、あたしは吹っかけちゃいないよ。払うなら、面《つら》の皮よりお金で払っておくれ」

「だから、いくら払えばいいの、お婆さん?」

「なんであたしが知ってるんだい? あたしはなんも知らん。どうぞご随意に」

「でも、おれたちにだけ出してるわけじゃないんだから」

「そりゃあ、みんなに作ってやってるさ。支払いはいろいろだ。誰にも良心てものがあるだろう。だから良心に従って払えばいいのさ。言うじゃないか——良心のないやつは面の皮を剝げってね」

兵隊上がりのペトロが怒りだした。

「いつまでこんなこと言ってんだい! ひょっとしたら、ミミズの代金も払わされるぞ?」

「そりゃないよ!」

ペトロの腕を押さえながら、フィリップが言う。ウスチーニヤはすかさず反撃に出る。

「あたしはあんたにミミズの料理を出しちゃいない。そんな話をあたしにするな。あたしはあんたらをもてなした、心こめてな。それはあんたたちがやさしい善良な心でやって来たからさ。そうでないなら、とっとと出てってくれ、島から出てってくれてもいいんだ」

「お婆さんはこの島の女王様なんだ。まるでよそ者がお婆さんの領地に入り込んだみたいだね」

げらげら笑いだしたのは、モスクワの学生のフィリップだが、少しも興奮してはいない。

「はい、良心に従って十五ルーブリお払いします。どうもありがとう。それでは島を離れることにします」

ウスチーニヤは何も言わず、悠然と皿を片付け始めた。彩色された木の器にふちの欠けた木匙を、皿にパン屑と葱のかけらをのっけ、コップに残ったサワークリームを壺に戻す。それからちょっと思案顔になって、ぼそりと――

「お礼なんかされても儲けにはならん。毛皮の半外套も作れやしないよ」

フィリップは驚いた。

「まだ足りないってこと？　はっきり言おうとしないで、だから『ご随意に』なんだ。つまり不足だってことですね？」

「十五ルーブリなら十分じゃないの！」

またもペトロが口を挟む。

すると、皿を集めながら、ウスチーニヤが言い返した――

「そうだよ。『ご随意に』で十分さ。でも、おたくらは四人なんだからね」

「確かに四人だけど……」

「それじゃ変だろ。辻褄が合わんじゃないか。等分にしなきゃ」

「どうして等分に？」

「十五は四で割り切れんだろ？　だから一人当て五ルーブリさ。良心に従えば、当然そうなる理屈じゃないかね」

「わかりました！」

フィリップはポケットからもう五ルーブリ取り出す。

「ほら、お婆さん、良心に従って払います。大事に仕舞っといてね。これで満足？」

「それでいい。文句はないよ」

「さあ、みんな行こう！」

フィリップが腰を上げた。そしてもう一度、壁に貼られたグラビア週刊誌「アガニョーク」の切抜きや、さまざまな年代の家族の写真、多色刷りの日めくり、それと桶だの壺だのに活けられた花に目をやってから、急いで戸口へ。

ウスチーニヤは一瞬うろたえた。大事なお客たちに見捨てられたような気がしたのである。

「ちょっと待って。それで、樹皮靴《ラープチ》はどうする？　見るだけでいいから。履いてみるかい？

ちょっと待って、いま持ってくるから！」

「婆さん、要らないよ、ラープチなんか！」

「安くしとくよ。展示したいと言ったろう。ものがわかる人なら、あたしらがどんな暮らしをしてきたか知りたいと思うはずだ。いいよ、ただであげる」

「要らない」

「じゃ、玉葱は？　小魚はどうだい？　獲れたばかりだよ、持ってくかい？」

「自分たちで釣るから、結構です」

外ではまた、鎖に繋がれた犬が吠えたり唸ったり、雄鶏たちが鳴き、羊たちが慌てて茂みに突進した——どう見ても野生の山羊そっくりである。

若者たちはボートに跳び乗ると、すぐに岸を離れた。

「バーバ・ヤガーだよ！　ありゃ本物の魔女《ヴェージマ*》だ！」

ペトロはそう言ったが、ほかの三人は何も言わずに、ただ思いきりオールを漕いだ。

※　※　※

コルホーズの議長は、それでもバーバ・ヤガーの家にやって来た。

そのとき、ウスチーニヤは玄関の間にいた。傍らに白樺皮の、半製品の樹皮靴《ラープチ》の山が二つばかり。二段しかない階段に腰かけて、彼女は今、靭皮《じんぴ》の紐の両端を必要な幅に切り揃え、それをぐるぐる巻いて玉をつくっている。毎年、春になると、彼女は、遠くの島の古い林から白樺の皮を剥いできて、ひまひまに一年かけて、樹皮靴《ラープチ》と女物のサンダルを編む。鉤針を自在に使いこなすのが、なんせ心地よいのだ。靴作りは男の仕事とされているが、ここらではどれも女の仕事なのである！

戦前は、草刈りのシーズンに限って、彼女のラープチとサンダルはいつも完売だった。とくに夏場は重宝された。軽いうえに指が蒸れず、履き心地がとてもいいのだ。しかし、中等学校を卒《お》えた若者たちは、〈古臭いラープチのルーシ〔ロシアの古名〕〉を嫌った。履くのを恥ずかしいと思っているので、今ではウスチーニヤもまったく自分ひとりのために編んで履き続けている。そういうわけで、物置と蒸し風呂小屋《バーニャ》の脱衣場は、誰も履かない製品でいっぱいだった。

議長がやって来たのは、ちょうど彼女が靫皮を巻いて玉にしているときだった。

「こんにちは、ウスチーニヤ！」

「こんにちは！　ほんとはバーバ・ヤガーって呼びたいところなんだろうが」

「いきなり喧嘩を吹っかけるかね？　そう呼ばれてることは自分でもわかってるんだ？」

「善人というのは口さがないもんさ」

「あんたは意地悪だね、ウスチーニヤ」

＊ヴェーヂマは、生まれついての、あるいはのちに悪魔と結託して超自然的能力を身につけたとされる女性。セーヴェルでは老婆の姿で、南ロシアでは老婆が若い娘に化けた姿で現われる。

「議長さん、あたしが意地悪だなんてあんたに吹き込んだのは、どこの誰だい？　まあお坐りなさいな。それともゴーレンカのほうがいいかな？　あっちはきれいだから大事なサラファンを汚さんで済むし」

　ゴーレンカとは客間に似た控えの間のこと。そこが唯一の部屋らしい部屋だ。家のあと半分は台所で、真ん中にでっかい暖炉《ペーチ》が、暖炉《ペーチ》と壁の間に木製の寝床《ポラーチ》がある。夏の暑い盛りには、ウスチーニヤはそこに寝て、冬とか病みついたときなどは、たいてい熱い暖炉《ペーチ》の上に横になった。清潔なゴーレンカには、クロスの掛かったテーブルと、これも村の大工の手になる、彩色された椅子。床の上や床几の上、窓敷居には、いろんな花を活けた陶製の壺や小さな木桶が置かれている。

　部屋の壁紙はすべて新聞紙だ。壁一面に写真やら何やらが貼ってある。手前の隅の方には小さなイコン（金箔の枠付き）が幾つか、それと造花。イコンと並んで同じ高さのところに、いろんな時代の薄っぺらな雑誌から切り取ったと思われる色刷りの記念のポートレート。ミチューリンだのルナチャールスキイだの詩人のナーズム・ヒクメト*だのアカデミー会員のブルデンコだの、それから、正装し、胸いっぱいに（無邪気にも）勲章をぶら下げた元帥だの、将軍たちだのの肖像写真がずらりと並んでいる。

　ウスチーニヤは前掛で椅子の一つをパタパタ叩くと、それをパルフョーン・イワーノヴィチに勧めた。

「さあ、これに腰かけて！」

そう言って、自分ももう一つの椅子に坐る。こちらをパタパタしなかったのは、いつも自分が使っていて、埃がついてないのがわかっているからである！

「ご機嫌はいかがです、お婆さん。何か話してくれませんか？」

パルフォーン・イワーノヴィチは、前もってギャバジンのコートのボタンをはずし、帽子を鍔《つば》を上にしてテーブルに置くと、えらく友好的な、保護者然たる低音《バス》で切りだした。

ウスチーニヤも愛想よく――

「これはまた、やさしいお言葉を……でも、あんたももうそんなに若くはないんだね」

「たしかに。しかし誰でも年は取りますよ。何か要るものは？」

「何もないね。体はこのとおり達者だし、食べるものもなんとかなっている」

「家の仕事も頑張ってる？」

「べつに頑張ってるわけじゃないが、あたしにはやることがあるからね。ほら、まだ樹皮靴《ラープチ》だって編んでるし……」

「ラープチか、これはまた！」

＊イワン・ミチューリン（一八五五―一九三五）は植物育種家。アナトーリイ・ルナチャールスキイ（一八七五―一九三三）は革命家・政治家・文筆家。ナーズム・ヒクメト（一九〇一―六三）はモスクワに亡命したトルコの詩人。

「今はもう誰も履かないね……履くのが恥ずかしいらしい」

「誰も買ってかない?」

「ただでも持ってかないよ。よかったら一足どうだい?」

「ラープチねえ、確かにちょっと恥ずかしいな!」

パルフョーン・イワーノヴィチはウスチーニヤの申し出に応えない。

「恥ずかしいなんてのは目に染みやしないさ、煙じゃないんだから。でも、ラープチは軽くてちっとも窮屈じゃないよ。乾いた草の上なら足は乾いたままだし、沼地でも具合がいいのは水切れがいいからだ。今の若いもんはそこのところがわからんのだね。革靴は踵が高いの低いのとなかなか喧《やかま》しい」

「これだけの木の皮をどこから集めてくるの? 森をどれだけ駄目にしてるか、あんた、わかってるのかね?」

「あたしはこれからもラープチを編むつもりだよ」

「誰のために?」

「自分のために。いや、あっちこっちの博物館のためにだよ。モスクワの展示場に送って、老婆の手作りをじっくり観てもらうんだ」

「でも、あんたは、誰の森を滅ぼしたのかと訊かれたら、どう答えるの?」

ウスチーニヤは俯《うつむ》きもせず、臆することも口籠ることもなく、ずばり問い返す。

「あんたはそれが言いたくてやって来たんだね、議長?」

「そうかもしれんし、そうでないかもしれん。そんなに怒りなさんな。わたしはね、親切心から——達者でいるか、必要なものはないか、それを訊こうと思ってやって来たんですよ。われわれは今、老人たちに敬意を表そうとしている……ところで、どっか住みたいと思ってるところはない? 独りで住むには、ここはちょっと寂しすぎないか、気が滅入らんかね?」

「そういうことはあるさ。でも、どこへ行けって言うんだい? あたしは村と一緒に死ぬつもりでいるんだ」

「村はとうに死んじゃってるんだよ」

「こっちが生きてるうちは、村も生きてるんだ……あたしが邪魔なわけかい?」

「とんでもない。いつまでも達者でいてください! でも、この島に残ってる家は四軒か五軒で、暮らしているのはあんただけだから、よく訊かれるんだよ——あんたのとこのあの一本だけ残った腐った歯は、ありゃナンなんだ、ってね。今はどこでも強化と拡張と成長率が求められている。つまり、ここは、この小さい島は目の上のたんこぶ……」

「それが言いたくてやって来たんだろ、議長さん?」

「またそれかね? ただ訪ねてみただけ、それだけですよ。なんせあんたは独り暮らしだし……何か手伝うことでもあるかなと……議長は独り暮らしの老人が心配ではないのかとか、いい暮らしをしてれば樹皮靴《ラープチ》なんか作らんだろとか、それよりこのままじゃコルホーズの白樺の林が消えてしまうぞ、とまあ、そんなことまで言われてる……」

コルホーズ議長の言いぐさは、ウスチーニヤを苛立たせた。

『まったくうるさい男だよ！』

かぶっているプラトークの端っこで唇を拭うと――

「白樺の林なんて余るほどある。みんなにもあたしにもたっぷりあるし、あんたやほかの議長たちの分だって。どっちにしても白樺は伐られて薪にされてるじゃないか。あたしが皮を剝いでる木は一本だって失くなってないよ。そこらの連中は根こそぎ持っていっちまうが」

「魚は？　魚も獲ってるの？」

ウスチーニヤはかっとなった。

「あんたは湖で養殖でもしてるのかい？　あたしはここで百年暮らしてるし、魚は百年生きてるんだ。あたしが生まれる百年前から生きてるんだよ。キリストが生まれる前から、いいやその百年も前からな。おまえさん、いったい何を嗅ぎつけてやって来た？」

議長の表情が和らいだ。

「まあ、好きなだけ獲ってください。あんた一人なら大して……せいぜい魚スープ《ウハー》を作るくらいだろうから。まさか売ってはいないだろうし……魚は売ってないだろうね？　網で捕ってる連中もいる。そういうのを何というかご存知かな？　密漁は違法ですよ。あんたは何を使って？」

「網に決まってるさ！」

ウスチーニヤが答える。

「ほらね、やっぱり網だ。ああ、ほんとに網で獲ってるんだ？」

答えの意味するところがわかったとき、議長は驚いた。どうやら彼は、ウスチーニヤが真実をこうもずばり口にするとは思っていなかったらしい。

「老婆が釣糸を垂れてるってのは、どうだい、可笑しいかね？」

ウスチーニヤは説明を始める。

「夜中、水草の中か水の中にできた小さな穴に網を仕掛けておく。そりゃあ新鮮な魚スープ《ウハー》にありつけるわけだよ。冬は干物にして食う。こないだはカマスがかかってた。たまんないね。まるまると太った去勢豚みたいで、びっくりしたよ。嬉しかったね。でも煮たのは腹のとこだけ。固くてぜんぜん歯が立たん。古い薪だっぽみたいなやつだった」

「網で捕るのは禁じられているんだよ、ウスチーニヤ！　わしならどうでもいいが、もっと偉い役人が、監査官がやって来たら、網なんかたちまち没収だよ。それが心配なんだ」

「捜査がどうしたって、議長さん？　あんた、なんだか小さい子を諭《さと》すみたいに話してるが、そんなことをするより、島の草を刈って干草づくりに励んだほうがいいんじゃないのかい。冬になったら、どうせまた牛の食うものがなくなるんだよ。仕事したほうがいい」

「あんた、ほんとに意地が悪いな」

パルフォーン・イワーノヴィチはふうっと息を吐いた。

「そりゃあたしは意地が悪いさ。も少ししたら、うちの羊たちに草をぜんぶ刈ってやるんだ。誰もあたしの邪魔をせんし、人手は足りてる」

パルフォーン・イワーノヴィチは何も応えない。起ち上がって、壁のポートレートと家族の写真を眺め始める。多色刷りのグラビア雑誌からの切抜きが気になったようで——

「あれが誰だか、わかってるのかな？」

「指導者たちさ！」

写真はどれもかなり古く、戦後のものは一枚もない。壁一面が家族のギャラリーで、農民出の家系の——それもおそらく単一ではない複数の家系の——いわば歴史である。村のどの家の壁にも一枚か二枚、そんな遠い縁者や近い親戚たちの写真が貼られている。

「あんたの身内はどれかね？」

「どれも親戚みたいなもんさ」

「今はどこに住んでるの？　誰がどこにいるのか話してくれないか？」

「みんな、あんたもあたしも行くあの世にいるよ。ほら、これがあたしの父親。ドイツのひとでなし野郎との戦《いくさ》で亡くなった。死んだ場所はわからん。名誉の戦死だそうだがね。これがあたしの母親。こっちが妹のペラゲーヤ。ペラゲーヤはまだ生きている。この家は妹の家で、あたしのものじゃないよ——あたしのほんとの父親が建てたんだが。でも妹には今、あたしのほかに肉親はおらん。亭主が殺されたからね。妹もあたしから逃げてった。……ええと、これは伯父さん。戦死した。やっぱり名誉の戦死だ。この若いのは甥っ子。戦争が始まったときにはもう大きかったから……戦死だよ……下の妹は復活祭《パスハ》のとき、〈丘〉《ウゴール》のブランコから落っこちた」

そう言って、ウスチーニヤは窓の向こうの丘の広場を指さした。

「あそこの落葉松の木の下のブランコからね……大怪我だった、脊椎がどうかなったんだ……」

ウスチーニヤは自由に気さくに話をし、客への警戒心はなく、その顔には悲しそうなやさしい表情があった。目にはまだ小さな炎が燃え、黒い瞳が大きく見開いている。バーバ・ヤガーのような、激しやすく挑戦的なところは少しもない。ただなんとなく胸にあるものを残らず吐き出したいと思ったのである。

「この子のことをもっと話そうかね」

そう言って、一枚の写真を示した。立っている若い女――ひだを付けた縁飾り、縫い目に絹レースを織り込んだ昔ふうの衣装だ。そばの椅子には、固い前びさしの帽子をかぶった、顔のでかい、見るからに元気そうな若い男が、両手を膝の上に置き、大きく脚を広げて坐っている。誰かな？　亭主だろうか？　ガラスの嵌《はま》った小さな額の中の女はかなりの美人である。

「これはあたしの友だちだよ、あたしのことなら何でも知ってた。親友だった。お嫁に行ったが、あれはほんとに良い縁組だった。子どもをふたり産んだ。秋にインフルエンザに罹った——収穫のころだったね。亭主が『おまえ、どっか悪いんじゃないか?』と訊くと、『気分が悪いの!』——『じゃ家にいな。ペチカの上がいい。それともバーニャに火を入れようか?』。彼女は家に残り、夫は呼ばれて脱穀場に戻った。そこへコルホーズの議長が顔を出したんだ——ちょうどあんたがうちにやって来たみたいにね。ただまあ、そのころの議長というのは教育も何もない田舎者だったから——『おい、どうした? なんでこんなとこでくすぶってる? 計画遂行はどうなる?!』。そう言われちゃしょうがない。無理して脱穀場に行ったのさ。そしたら心臓の発作を起こして死んじまった。幼子たちを遺してね」

パルフョーン・イワーノヴィチはなぜか急にそわそわしだした。帽子を手に取ると——

「そんな重苦しい話をよくもまあ。気を滅入らそうって魂胆かね?」

議長はそう言って、ハハハと笑った。

「独り身の老婆に気楽な話ができるもんかい? あたしの人生はそんなに楽なもんじゃなかったんだよ。見てのとおり、もう誰もいやせん。村はな、このあたしと一緒に最後の日を迎えようとしてるんだ。みんな死んでいく。つらいさ。だが、村が死ぬってのは——いいかい、あたしはあんたに言ってやる——人が死ぬよりずっとつらいぞ。あたしはもうずうっと墓場に住んでるんだよ」

「わたしはどう言えばいいのかね?」

パルフォーン・イワーノヴィチは元気づく。

「ここにいても、どうもならんよ。この島にはいずれ工場が建つ、魚の缶詰工場が建つかも。いろんな機械が運ばれてくる。あちこち掘り返して、それで埃や煤でいっぱいになる……」

「この島はうちのものだよ」

と、ウスチーニヤ――

「全部うちのものさ。あたしの根っこはここなんだ。あたしが死んだら、根っこも腐るだろうが、でも、建てたけりゃ建てればいい。邪魔しないよ。さぞかし立派なものが出来るだろうが、ああ、でも、ひょっとしたら、よそもんの工場のおかげで、みんながここに戻って来るかもしれん。だけど、あたしは独りでいるほうがいいんだよ。さんざんひどい目に遭ってきた。恥をかかされてきた。だからいつも喉がつかえてた……あんたはこの島に鳥でも放ってくれればいい。鴨でも鵞鳥でもな。そしたらこのあたしを島の番人にでもしておくれ」

「何をまた。年寄りのあんたに必要なのは安らかな眠り《パコイ》*なんだ」

「たしかに年寄りだよ。それだけでも有難いと思ってる……」

※　※　※

＊安息（パコイ）は墓碑に刻む言葉。

議長が帰ったので、ウスチーニヤはほっとしたが、だんだん気が滅入ってきた。そのうち心臓が苦しくなってきた。いったいあの男、何しに来たのか？　結局のところ、ウスチーニヤにはわからない。それでも言うだけのことは言ってやった。それがどんな会話だったにせよ、ピヨピヨでもガァガァでもワンワンでもなく、まともな人間の弁舌で面と向かって堂々と言ってやったのだ。

『それにしても、あいつ、何しにやって来たのかな？』

心臓がまたドキドキしてきた。

『何かあれの邪魔をしたとでも？　そうか、やっぱりこの島が目障《めざわ》りなんだな。村は消滅した。だから登録を抹消しよう……そういうことか。それでやって来たんだ……』

ウスチーニヤは、暖炉《ペーチ》の温《ぬく》んだ壁に頭を押しつけるようにして、炉口を覗き込む。それからなぜか炉蓋を開けた。火が燃え盛っている。ゴーゴー吠え立てている。乾いた熱風に息が詰まりそうになった。と、何かが喉を塞いだ。足から力が抜けた。肩甲骨の下のあたりに鈍い痛みが走る。

『ああ、暑いな。息苦しい……』

声がしゃがれた。

ウスチーニヤは炉蓋を閉めることができなかった。それで、その脇の、炉と壁の間の踏み段をつたって、なんとか暖炉《ペーチ》の上に這い上がった。鮮やかなバラをあしらった金色のカーテンの裾にごろりと横になったが、すぐにそのまま――手織りのサラファンの襤褸《ぼろ》が詰まった小さな凹みに滑り落ちて、静かになった。

もしかしたら、ウスチーニヤは、自分が生まれ落ちた暖炉《ペーチ》のために、また自分が死ぬ瞬間《とき》にも自力で這い上がれたその暖炉《ペーチ》のせいで、〈町の暮らし〉に馴染めなかったのかも。彼女が逃げることも離れることもできなかったのは、まさにそれ――セーヴェルの百姓家のあの、どっしりと大きくてやさしくて、〈生ける魂たるルーシの暖炉《ペーチ》〉そのものだったのかもしれない。

暖炉《ペーチ》は家の心臓だ。暖炉《ペーチ》のない家は家ではなく、火のない暖炉《ペーチ》は死んだも同然だが、暖炉《ペーチ》に火が入れられて呼吸を始めれば、家は温もり、生命《いのち》は甦る。生きている暖炉《ペーチ》では夏でも調理ができる。暖炉《ペーチ》が暖かいのは、家に家霊《ドモヴォイ》*が棲んでいるからだし、家霊が潜む場所は必ずや暖炉《ペーチ》の周辺なのである。

がんがんに熱ければ、湿った薪もすぐに燃えだすが、長いこと火の気のなかった暖炉《ペーチ》に乾いた薪を突っ込んでもうまくいかないのだ。まず木っぱをその上にのっけて乾燥させなくてはならない。裂いた白樺の木っぱと一緒なら、どんな木でも――ヤマナラシだって炎を上げ

*東スラヴの民間信仰で家の精また守護神。

る。サモワールの煙突から木っぱを二つばかり落として、その上にひと摑みの木炭《すみ》をのっけてやる。そのうち煙突がゴーゴー音を立て始めるだろう。

出産を終えたばかりの女性は冬のあいだ、暖炉《ペーチ》の上で寝起きする。もちろん新しい母親と新たにこの世の住人となった者を寒さから守るためだ。大きな暖炉《ペーチ》は赤子の最初の避難所であり、同じその暖炉《ペーチ》で人びとは、老いの日々（昼も夜も）を過ごすのである。その日の天候次第で体のふしぶしが痛みだし、痩せ衰えた胸——鎖骨も肩甲骨も露わになって、声がしわがれてくる。

最後の卵を——まだ殻を破って出てこないヒヨコたちを、雌鶏の下から毛皮帽に移し、温かい暖炉《ペーチ》の上に置いてやる。一日か二日、ときには何日もかかって雛が孵《かえ》る。もし孵らないなら、どんな暖炉《ペーチ》も役立たずだ。うまい具合に殻を破って出てきた雛も、まず体を乾かすために暖炉《ペーチ》の上の、毛皮の袋か寝藁《ねわら》か防寒帽の耳覆いの中に入れてやる。

生まれたばかりの、まだ目も明かない自分の子猫たちをくわえて暖炉《ペーチ》に上っていく母猫もいる。子どもたちがどこでこの世に生まれ出ようと、母猫たちにも暖炉《ペーチ》はわれらが大地の故郷なのである。

ところで、冬の夜長にお祖母さんが孫たちに物語を語って聞かせなかった暖炉《ペーチ》なんてあっただろうか？　お祖母さんはおとぎ話を、たとえば、罠で失った自分の片足の復讐を誓いながら、白樺の杖をついて歩く、変てこな——滑稽でもあり恐ろしくもあるあの熊の物語を、果して孫たちに語って聞かせなかっただろうか？　イワン王子*は美しい花嫁を探して雲の下を飛び回ったし、誰でも知っている「牛たちの湖」では、毎晩のように、悪魔に魔法をかけられた牛たちが緑の原に草を食べに出てくるだろう。そんな牛たちのまわりを、十字架を手にお祈りを唱えながら、誰かが凄い勢いで駆けめぐるんだ。すると、たちまち牛たちは不浄なものから普通のいつもの家畜に変身するから、そのときはそこらにある枝で、群れを自分の村の自分の土地に追い込んだらいいのだ。

今、暖炉《ペーチ》の上に小さな子どもたちがいる。坐ったり寝転がったりして、なにやら黄昏《たそがれ》どきに釣瓶《つるべ》縄か電線に止まっている燕の群れといったところ。頬杖を突いて、どの瞳もきらきら輝いている。暖かくて、とても心地いい。そのうち、煙突の中で風が唸りだす。板の隙間でカサカサ音を立てるやつ――木の壁と煉瓦の隙間にゴキブリたちが大集合。暖かいその場所はゴキブリたちも大好きなのだ。

喉がいがらっぽい。ウスチーニヤの顔には血の気がない。バーバ・ヤガーは今しも自分の暖炉《ペーチ》に乗って――魔法の絨毯みたいに――どこかへ飛び去ろうとしているようだ。でも、どうもこれはおとぎ話とは様子が違うぞ……。彼女は死にかけているのだ。ほんとにウスチー

*民話に登場するヒーロー。三人兄弟の末弟でしばしば悪の権化である不死身のカシチェーイと対決する。美しい花嫁は、美貌のエレーナ姫、賢いワシリーサ姫、乙姫マリアことマリア・モレーヴナである。

ニヤは死にかけていた。ロシアの暖炉《ペーチ》も、あんぐりと口をあけて、死にかけていた。どちらが先に冷たくなるのか？　村の百姓家のひんやりした暖炉《ペーチ》より哀しく馬鹿げたものがあるものだろうか？　……遺骸が冷たくならないうちは、まだその人は故人でも死体でもないという。それはまだ死でもないし、やっぱりまだ永遠でも、まだ本気でもないようだ。

（一九六〇）

訳者ノート

詩人アレクサンドル・ヤーシンの故郷は北ロシア＝セーヴェルと呼ばれる茫々たる北の大地である。

セーヴェルはもともと境界がはっきりしない。大雑把にはモスクワの北東おおよそ四〇〇キロのヴォーログダ市から北の果て——白海およびバレンツ海の波打ちぎわにまで達する広大な地域だ。

現在はヴォーログダ州とアルハーンゲル州の二つの州から成る。アルハーンゲル州の州都（アルハーンゲリスク）は北ドヴィナの河口に広がる町で、モスクワからだと一二五八キロ。両市を結んだ線の東西に散らばるのが、チェレポヴェーツ、ベロゼールスク、ヴェリーキイ・ウースチュク、コートラス、カールゴポリ、ホールモゴルィ、オネガなどの町である。（地図を参照）

セーヴェル（север）は、方角としての「北」や「北の地方」を意味する普通名詞だが、大きな頭文字の「セーヴェル（Север）」は固有名詞、つまり実在する「北ロシア」のこと。大文字でも小文字でも音は同じセーヴェルなのに、その大文字のセーヴェルに、なぜかロシア人は、ある種名状しがたい懐かしさを、〈魂の原郷〉のごときものを思い浮かべるのだそうだが、しかし、残

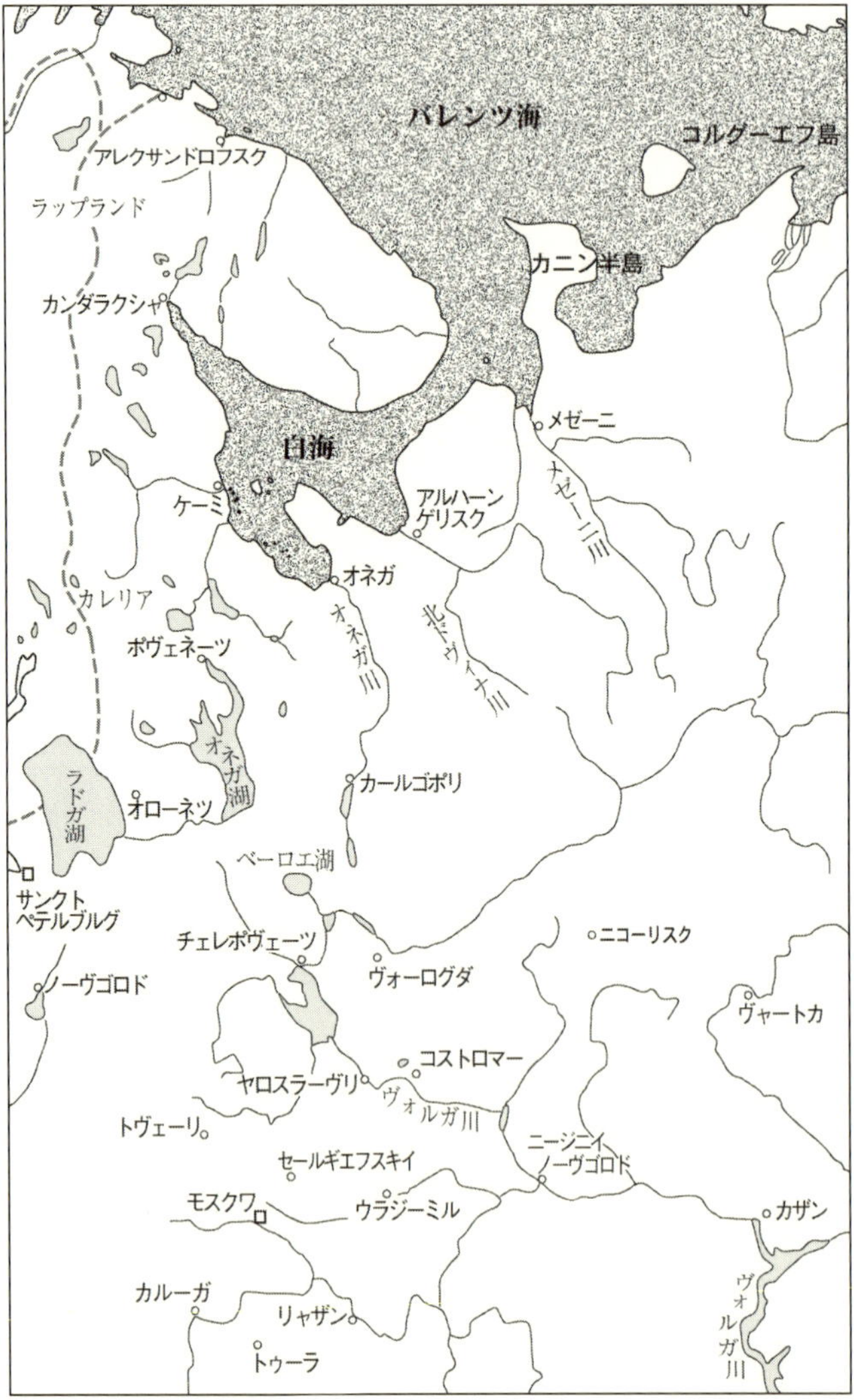
バレンツ海
コルグーエフ島
アレクサンドロフスク
ラップランド
カニン半島
カンダラクシャ
メゼーニ
白海
ケーミ
アルハーンゲリスク
メゼーニ川
オネガ
カレリア
オネガ川
北ドヴィナ川
ポヴェネーツ
オネガ湖
ラドガ湖
カールゴポリ
オローネツ
ベーロエ湖
サンクト
ペテルブルグ
ニコーリスク
チェレポヴェーツ
ヴォーログダ
ノーヴゴロド
ヴャートカ
コストロマー
ヤロスラーヴリ
ヴォルガ川
トヴェーリ
ニージニイ
ノーヴゴロド
セールギエフスキイ
モスクワ
ウラジーミル
カザン
カルーガ
リャザン
トゥーラ
ヴォルガ川

念ながら、しばしば「ど田舎」の代名詞にもされる。もっとも、首都のモスクワだって「どでかい農村」などと陰口を叩かれるのだから、セーヴェル人はそうまで気を悪くすることはない。ともかくにもセーヴェルのほかにセーヴェルはなく、その空々漠々は途方もない。ある冬、詩人は、従妹の結婚式に出るため、久しぶりに帰郷することになった。結果、片道だけでまるまる三日の大旅行になってしまう（中編『ヴォーログダの結婚式』）。さほどに広い。セーヴェルには多くの河川や湖沼があり、所収の中編『バーバ・ヤガー』の舞台も、そんな湖水地方の一つだ。

故郷セーヴェル

一九一三年三月十四日（新暦二十七日）、アレクサンドル・ヤーコヴレヴィチ・ヤーシン（本名ポポーフ）は、北ドヴィナ県ニコーリスク郡ブルゥドノーヴォ（のちにヴォーログダ州ニコーリスク地区ブルゥドノーヴォ）の農家に生まれた。祖父は曳舟人足から鍛冶屋となり、自分の生まれた村に小学校を建てたような人物。すらりと背の高い美しい祖母は、近郷近在では名の知れた昔話の語り手だった。息子のヤーコフ（詩人の父）は第一次世界大戦で戦没。二歳に満たないアレクサンドルと乳飲み子のニーナ（妹）を抱えて、若い母エヴドキーヤ・グリゴーリエヴナは天を仰いだ。そして間もなく再婚。次々に異父弟妹が生まれる。アレクサンドルは十歳まで故郷の村で暮らした。夜を祖父母の家で過ごすことが多かったという。早熟の少年の書いた詩が一九二八年に初めて活字になり、地方の新聞に載った。それで、村での渾名が〈赤毛のプーシキン〉。継父が彼を上の学校にやることを嫌ったため、働きに出なくてはならなくなったが、貧しくてもこの子には才能があると認めた村人たちが集会を開き、郡の中等学校へやることに衆議一決。少年は頑張った。さらにヴォーログダ教育大学でロシア語と文学の教員資格を取得すると、村に戻って新米教師となった。多読と猛烈な詩作に励む。三一年に、『昔話の前口上《プリースカスカ》』を世に出し、ヴォーログダとアルハーンゲリスクの新聞社の編集の仕事にかかわるようになった。

一九三二年から翌年にかけて、ソヴェート作家同盟ヴォーログダ組織委員会の議長を務め、三四年、最初の詩集『セーヴェル讃歌』を出版。筆名のヤーシンは記憶に無い亡き父の名ヤーコフに由来する。

一九三五年、首都モスクワへ。三八年、詩集『北ロシアの女《セヴェリヤンカ》』を世に問う。これは『昔話の前口上』の中の一編で、当時の新聞の評は「……気分的に明るいセーヴェルのフォークロア、そのポエチカ、またヴォーログダ地方の方言を駆使してコルホーズの人びとやヴォーログダ・レース〔この地の伝統的なレース編み〕に従事する女性たちの風貌、その暮らしや仕事ぶりが鮮やかに、詩情豊かに表現されている」と、高い評価を得た。

一九四一年六月、独ソ戦の開始（第二次世界大戦）。モスクワのゴーリキイ記念文学大学を終えたばかりの詩人はそのまま海軍報道班員・政治部員として、レニングラードへ、スタリングラードへ、またさらにクリミヤへと転戦する。四二年、共産党に入党。塹壕ではよく所望されてプーシキンやレールモントフを朗読し、夜には詩作に耽った。ここで少しばかり詩人の戦時下の〈ソヴエート詩〉を編み込んでみる。

掩蔽壕《えんぺいごう》で　他人の屋根の下で
あるいは　針葉樹の森蔭で
想い出すのは　きみのこと――
　きみのすべてが　僕には貴い

（「僕たちの不和」・一九四二）

……そうして　枕もとへ　地響き立てて
戦争がやって来た……

（無題の断章から）

弟は　北方艦隊勤務だった
僕はよく　弟のゆりかごを揺すったものだった

海兵隊員である僕の弟は　どこか極圏の
岩と岩のあいだで　命を落としたのだった

故郷の母は、「何としてでもおまえの弟の死んだ場所を捜し出しておくれ」と書いてよこす……

母の哀しみの力《トスカ》を
僕は知っている
年が明けたら　供養もしよう……
だが　可愛い弟の墓さがしには
北にではなく　まず西〔敵国〕へ向かって進まねば

（「弟の記憶」・一九四二）

白い霧の中で　市《まち》は二つになる――
地平の果てに消えゆく園生《そのう》と
雲居にかかる宮殿の尖塔たちと……
イサーク寺院の円屋根は

ひっくり返った気球そっくりだ

板囲いの中で　ピョートル〔大帝〕は苛立っている――
「わしの足下が　炎に包まれておるぞ
　もっともっと防御を固めるのじゃ　ええい　どけどけ！」
拍車かけるや　台座をひとっ翔び
土嚢《どのう》を蹴散らし　高々と
鋳られた拳を突き上げる――
「貴様らごときに　ここを奪われてなるものか！」
ゲルマンの奴輩は　われらが軍《いくさ》の力をよく知っている

弾痕は　壁の眼窩《め》
　さながら裂け目に巣食う鳥の巣だ……
冬だというのに　磯の香すら漂ってきて
コールピノ方面からは　硝酸の匂い……
砲門が　重い薄目をあけて威嚇する

黒ラシャの半外套に身を包み　静かに　しっかりと
警護の兵たちは　ネヴァの岸を歩む
　自動小銃《アフタマート》には　朝露が
やがて軍靴の音も　雷鳴にかき消される――
轟き渡るその雷《いかずち》こそは　敵陣への艦砲射撃だ

旧海軍省よ　ラストレッリの宮殿よ……
おお　包囲された大都《まち》は　まだ眠っているのか
いいや　どの敷石も　フリッツ〔ドイツ野郎〕を狙っている
どの家々も　復讐を心に誓って　泣き叫んでいるのだ

戦時中の詩作品――詩集『防衛隊』（四一－四四）には、「バルト海でのことだった」「クラースナヤ・ゴールカ」「怒りの市《まち》」が収録されている――怒りの市とはスタリングラードのこと。

　それはヴォルガ、ロシアの大河のほとりのことだった
　　ドイツ軍は　岸から　高い崖の上から
　われらの装甲艇を撃破し

撃ち砕かれたカッターは　敵の境界へ
傷ついた鵜《う》のように　ぷかりぷかり
揺れながら　流されていく

・・・・・・・・・

ビュンビュン鳴り続けるこの夜を
　決して忘れはしないだろう

破甲銃弾が　頭上を飛び交い
炸裂すると　あたり一帯が、
甲板室が　真昼のように明るくなった――
司令官は　煙草を吸っているのだが
パイプの煙は　とうに消えている
それはヴォルガ、ロシアの大河のほとりのことだった

（「ヴォルガ河畔のことだった」断章・一九四二）

・・・・・・・・・

人びとは　地階から地階へ　逃げた

空気のまだ灼けていない深い窪地へ　どこかの隙間へ
通りという通りに　ヴォルガは流れ込む――
人びとは　駅の先へ先へ　身をかがめながら　走った
煙にまかれ　喘ぎながら
給水井戸の中で　夜を明かした

………

ドイツ軍の車を避けようと　必死に走る　走る
　その背の高い少女は　ステップへ
　　　　　　　　　　　　そして吼えた
　火から逃れたかった――
背中が炎に包まれているのが　わからなかった
刺繍されたジャケットが燃えている
包帯も松葉杖も失くして
かつての《イントゥリースト》病院から
血の気の失せた唇を噛みしめ
汗だらけ埃だらけの

患者や負傷者たちが這いずり出た――
ヴォルガへ
水辺へ
火から逃れようと
埠頭へ
（叙事詩「怒りの市」から）

戦後の作品――復員後、セーヴェル、アルタイ地方の旅行記、またクーイブィシェフやスタリングラードの再建現場での、さまざまな水力利用施設（水力発電所、運河、ダム）でのルポ。以後、次第に、処女地の開拓現場を舞台にしたものが多くなる。詩集『同郷人』（四四－四八）を故郷とアルタイの村で執筆。詩集『ロマーンチキ』（五一－五五）、詩集『ソヴェート人』（五二）、詩集『焼き立てのパン』（五七）。この時期、体制は同じテーマによる領域の拡大とともに、分かりやすさと《無葛藤理論》が幅を利かせてくる。これはスターリン時代末期に唱えられた文学方法で、階級対立や敵対的矛盾がすでに消滅したソヴェート社会には、従来の《葛藤》のための現実的基盤がないとして、現実の否定面を描かず、ひたすら現実を美化するソヴェート文芸の馬鹿げた理論である。

しかし、ヤーシン自身は五〇年代半ばから、リリシズムの新たな段階へと突き進む。詩集『良心』(五一-六〇)には、情け容赦のない自己批判、告白的な内容が加わっていく。叙情詩のヒーローの人格形成に、彼は改めて、真実・善意・良心といった道徳的価値を前面に押し出すようになる。

六〇年代の詩作品――詩集『はだしで大地を』(六一-六五)、詩集『創造の一日』(六八)にはリリシズムを基底にしたさらなる深化が窺われる。感情の領域――すなわち歓喜に充ちた《明るい期待感》からの苦いアイロニーが、喪失の悲哀が、人間らしい感情の苛烈さ、力強さ、愛、創造、自然、死におけるテーマ選択の斬新さが、またスケールの大きさが、その後期のリリシズムを独創的なものにする。詩集『魂の境界』(三七-六九)は詩稿の断片や日記などをまとめたもので、死後(八二)にモスクワで発表された。三つの叙事詩――『母と子』(三七-三八)、『レニングラード叙事詩』(四四-四七)、『アリョーナ・フォミナー』(五〇)。

一九五六年の散文――短編小説『梃子《てこ》』は、体制下の農村のコミュニストたちを否定的に、つまりその精神的非自立性と大勢順応主義を痛烈に描いたとして、激しい批判にさらされた。

一九六二年の散文――中編小説『孤児』では「ソヴェートのさまざまな施設による潤沢な《援

助》を素直に受け入れ逆境を切り抜けていく主人公（永遠の被扶養者）の形象が見事に描かれている」と、今度は賞賛された。中編ルポ『ヴォーログダの結婚式』は発表当時、手ひどい非難と批判――田舎の、旧態依然の「進歩のない」風習を描いたとして――を浴びせられたが、死後には、①三〇－五〇年代の社会的かつ時代的経緯の多様な結果について再考を余儀なくさせ、「現代における農村の真の姿を活写」。②旧いものと新しいものとの相互関係。③その新しいものの性格と伝統的農村文化の運命について「よく描いている」と、評価に著しい変化が起こる。

その他の主な散文――『ナナカマドを召し上がれ』（六五）、『プリーシヴィンとともに』、『甘美の島』、『小品集』、『バーバ・ヤガー』は、いずれも死後に発表された。

一九六八年十一月六日、モスクワで死去。未完の遺作も含めた二巻本（七二）が出る。

遺骨は、遺言どおり故郷ブルゥドノーヴォのボブリーシヌィ・ウゴールに埋葬された。ウゴール（угор）はセーヴェルの方言で「丘」。『バーバ・ヤガー』に出てくる村の広場の、あの大きな落葉松の丘も同じウゴールである。戦時中に、ズラータ・コンスタンチーノヴナと結婚。子どもは戦後生まれの四人（ナターリヤ、ズラータ、アレクサンドル（夭折）、ミハイル）。現在、ボブリーシヌィの丘に詩人の文学記念館が建っている。

セーヴェルの人びと

セーヴェルには、厳しい日々の暮らしを精神的に乗り切るために詩を書きかつまたよく読む人たちが多い。作家のアスターフィエフ、アブラーモフ、ベローフ……ロマーノフやルプツォーフといった詩人たちが今でも深く地元の人びとに愛されている。若くして世を去ったニコライ・ルプツォーフ（一九三六―七一）にはことに哀惜の念が強く、根強いファンが多い。セーヴェルの人びとは、なぜか哀しいまでに自分の故郷を懐かしむのである。他の都市の住人となっても、いや現に故郷で暮らしていながら〈わが故郷〉を懐かしむのだ。

　赤毛のプーシキンは、もちろん、二百年を経て今もなお国民詩人と讃えられる大詩人（アレクサンドル・プーシキン）でも、セーヴェル最初の詩人というわけでもないが、しかし、彼が、後続の同郷の詩人や作家にとって最も頼りになる先輩であったことは確かである。彼自身は首都モスクワで活躍し、いつの間にか都会人になってしまったが、セーヴェルのことは片時も忘れなかった。いつでも北の空を仰ぎ見ては遠い故郷の野や森や畑を、川や湖を思い描いては村に生きる人びとの暮らしを気にかけていた。日記や小さなメモからも、よくよくその心情が伝わってくる。この「村を離れた農村詩人」の故郷は、まるでウスチーニヤ（『バーバ・ヤガー』）の暖炉《ペーチ》のようだ。百年ほど前にこの地を旅した作家のプリーシヴィンの処女作『森と水と日の照る夜』（原題「ヒト怖じしない鳥たちの国」）には、モスクワやペテルブルグとは隔絶した、この北の原郷の特異な歴史と素朴な人びとの暮らしがよく描かれている。

アレクサンドル・ヤーシンは、アフマートワや、ツヴェターエワ、パステルナークなどとは、世代も個性も異なる詩人——あくまでも「ソヴェート詩人群」の一人であって、やはり《ソヴェートの申し子》としか言いようがない。抒情詩人は、革命と党と国家建設にことばでもってひたすら邁進し、同志や戦友同胞を鼓舞する「詩人」たらんとした。社会主義、凄まじい戦争、狂気じみた独裁が、彼らの吸い込む大気のすべてだった。苦しく無惨な戦争が終わったとき、詩人は困憊の極みにあった。それはまた詩人たることの意味も困憊の極みにあったということだ。そうしてそこから、ようやく「生きものの生くべき真の現実」が、「小さな世界」が見えてきた。

詩人は自分ひとりの活路を見出した。それは「小さな散文」だ。本書『はだしで大地を』に収めた小品は、彼が最後にたどり着いた小さな世界である。

だが、このやっと開花しかけたものも、微かに香りを放ち始めたところで消えてしまう。残された時間があまりに短すぎた。散文はいずれも短編か短編に近い中編の小説とエッセイで、数もさして多くない。今回収録したのは、さらに短いものばかりだが、この詩人の持ち味がよく出ていると思われる。

ここには、彼が生涯敬愛した作家のプリーシヴィンやパウストーフスキイの世界にどこか通じるところ——「生きとし生けるものの小さな世界」が息づいている。どれも早い晩年となった六

○年代の初めに集中して書かれている。
彼は疲れきっていた——「詩」にも「時代」にも。もう「期待される詩人」でなくてもいいのだ。自ら背負った重い荷物を放り出して、ただ歩きたかった……
詩編「はだしで大地を」は彼の最後の深呼吸のようである。

＊　＊　＊

最後に『バーバ・ヤガー』の舞台となった湖水地方について一言。ウスチーニヤの住む小島は、ヴォーログダ市の北西にある湖ベーロエ・オーゼロ（ベロは白い、オーゼロは湖の意。そこの大きな町の名がベロゼールスク）——作中二度ほど名が出てくるチェレポヴェーツ市の真北に位置する。ある年、詩人の一家は、『甘美の島』（幻想的な連作短編エッセイ）という小島でひと夏を過ごしたことがあり、その隣の島へ、詩人は毎朝、体の弱い幼い息子のために新鮮な乳を求めてボートを漕いだ。そこで出会った女性（本名アグラフェーナ・アレクセーエヴナ）は、その小島の唯ひとりの住人で、周囲の人間たちから「バーバ・ヤガー」と呼ばれていた。村の名もオトシープコヴォではなく、ザリヤー（空焼け）という名の集団農場だった。

＊　＊　＊

「歌詞のない歌」と「はだしで大地を」、「ヘラジカ」はロシア文化通信『群』に、「鶴」「犬でも牛でもなく」、「古長靴」はロシア・フォークロア談話会の会報『なろうど』に、「皮剝ぎ」、「市中の狼」はロシア文芸冊子『リャビンカ・カリンカ』に初訳を載せた。

本書は詩人アレクサンドル・ヤーシンの本邦初の単行本である。テキストには «художественная литература»（モスクワ・一九八五）三巻選集を使用した。

アレクサンドル・ヤーシン
1913 －1968

北ロシアの生まれ。幼時に父は第一次大戦で戦死。1928年に最初の詩を世に問い、34年に故郷で最初の詩集『セーヴェル讃歌』を発表。モスクワのゴーリキイ文学大学を卒業と同時に第二次大戦の前線へ。〈ことばのちから〉で人びとを鼓舞し国家建設のために邁進することを詩人の使命と思い定めた典型的な「ソヴェート詩人」の一人だった。戦後は抒情詩人から独自の散文作家へと変貌を遂げるが、短編『梃子』、中編ルポ『ヴォーログダの結婚式』は体制からの烈しい批判にさらされた。68年、モスクワで死去。『甘美の島』、『バーバ・ヤガー』、『ナナカマドを召し上がれ』、『プリーシヴィンとともに』、『小品集』はいずれも死後の発表だった。

編訳者　**太田正一**（おおた しょういち）

詩人・ロシア文学者。詩集に『惑星監獄の夢』、長編詩三部作『頭痛天体交響楽』。著書に連作エッセイ『森のロシア　野のロシア―母なる大地の地下水脈から』（群像社）。訳書に、カザケーヴィチ『落日礼讃』、マーミン=シビリャークのウラル三部作『春の奔流』、『森』、『オホーニャの眉』、プリーシヴィン『裸の春―1938年のヴォルガ紀行』（以上、群像社）、『ロシアの自然誌―森の詩人の生物気候学』、『森のしずく』（以上、パピルス）、『巡礼ロシア―その聖なる異端のふところへ』（平凡社）、『森と水と日の照る夜―セーヴェル民俗紀行』、『プリーシヴィンの森の手帖』（以上、成文社）、ドストエーフスキイ『おかしな人間の夢』（論創社）など。

群像社ライブラリー36
はだしで大地《だいち》を　アレクサンドル・ヤーシン作品集
2016年12月5日　初版第1刷発行

著　者　アレクサンドル・ヤーシン
編訳者　太田正一

発行人　島田進矢
発行所　株式会社 群 像 社
神奈川県横浜市南区中里1-9-31 〒232-0063
電話／FAX 045-270-5889　郵便振替　00150-4-547777
ホームページ　http://gunzosha.com　Eメール　info@gunzosha.com
印刷・製本　モリモト印刷

カバーデザイン　寺尾眞紀

Александр Яшин
Босиком по земле

Aleksandr Yashin
Bosikom po zemle

ISBN978-4-903619-71-2

群像社の本

春の奔流　ウラル年代記①

マーミン＝シビリャーク　太田正一訳　ウラル山脈の山合いをぬって走る急流で春の雪どけ水を待って一気に川を下る小舟の輸送船団。年に一度の命をかけた大仕事に蟻のごとく群がり集まる数千人の人足たちの死と背中合わせの労働を描くロシア独自のルポルタージュ文学。　ISBN4-905821-65-7　1800円

森　ウラル年代記②

マーミン＝シビリャーク　太田正一訳　ウラルでは鳥も獣も草木も、人も山も川もすべてがひとつの森をなして息づいている…。きびしい環境にさらされて生きる人々の生活を描いた短編四作とウラルの作家ならではのアジア的雰囲気の物語を二編おさめた大自然のエネルギーが生んだ文学。　ISBN978-4-903619-39-2　1300円

オホーニャの眉　ウラル年代記③

マーミン＝シビリャーク　太田正一訳　正教のロシア、異端の分離派、自由の民カザーク、イスラーム…さまざまな人間が煮えたぎるウラル。プガチョーフの叛乱を背景に混血娘の愛と死が男たちの運命を翻弄する歴史小説と皇帝暗殺事件の後の暗い時代に呑み込まれていく家族を描いた短編。　ISBN978-4-903619-48-4　1800円

裸の春　1938年のヴォルガ紀行

プリーシヴィン　太田正一訳　社会が一気に暗い時代へなだれこむそのとき、生き物に「血縁の熱いまなざし」を注ぎつづける作家がいた。雪どけの大洪水から必死に脱出し、厳しい冬からひかりの春へ命をつなごうとする動物たちの姿。自然観察の達人の戦前・戦中・戦後日記。　ISBN4-905821-67-3　1800円

落日礼讃　ロシアの言葉をめぐる十章

カザケーヴィチ　太田正一訳　さりげない言葉の奥に広がる大小さまざまな物語や感性を、日本に住むロシアの詩人が無限の連想で織り上げていく。読めばいつしかロシアのふところ深くにいざなわれ、茫々とひろがる風景のなかにどっぷりとひたっている…。ロシアのイメージが変わる連作エッセイ。　ISBN4-905821-96-7　2400円

価格は税別

群像社の本

森のロシア 野のロシア　母なる大地の地下水脈から

太田正一　茫々とひろがるユーラシア、その北の大地に生をうけた魂の軌跡をたどる連作エッセイ。水のごとく地霊のごとく、きわなき地平を遍歴する知られざるロシアの自然の歌い手たちの系譜をたどりながら描くロシアのなかのロシア！

ISBN978-4-903619-06-4　3000円

チェーホフの庭

小林清美　作家になっていなかったら園芸家になっていたでしょうと手紙に書いた「庭の人」チェーホフは丹精こめて育てた草木の先に何を見つめていたのだろうか。作家の庭を復活させた人びとのドラマをたどり、ゆかりの植物をめぐるエピソードを語る大きなロシアの小さな庭の本。

ISBN4-905821-97-5　1900円

風呂とペチカ　ロシアの民衆文化

リピンスカヤ編　齋藤君子訳　ロシアの人はお風呂が大好き！ペチカにもぐりこんだり風呂小屋で蒸気を浴びたりして汗をかきリフレッシュするロシアの風呂の健康法から風呂にまつわる妖怪や伝統儀式までを紹介する日本初の本格的ロシア風呂案内。

ISBN978-4-903619-08-8　2300円

ロシア絵画の旅　はじまりはトレチャコフ美術館

ポルドミンスキイ　尾家順子訳　世界の美術史のなかでも独自の輝きを放つロシアの絵画を集めたトレチャコフ美術館をめぐりながら代表的な絵と画家たちの世界をやさしく語る美術案内。ロシア絵画の豊かな水脈をたどり、芸術の国ロシアの美と感性を身近に堪能できる１冊。(モノクロ図版128点)

ISBN978-4-903619-37-8　2200円

ロシアフォークロアの世界

伊東一郎編　古くから民衆のあいだで語りつがれ、歌いつがれてきた文化＝フォークロア。ロシアの文学者や音楽家にはかりしれない影響を与え、日本でもロシア民謡や民話として親しまれてきた表現豊かな民衆の世界の魅力を第一線の専門家たちが多角的に紹介。

ISBN4-905821-30-4　2400円

価格は税別

カフカースのとりこ
トルストイ　青木明子訳　作家は自分で猟や農作業をしながら動植物の不思議な力に驚き、小さな世界でさまざまな発見をしていた。その体験をもとに書かれた自然の驚異をめぐる子供向けの短編の数々と、長年の戦地カフカース（コーカサス）での従軍体験をもとに書かれた中編を新訳。　ISBN978-4-903619-14-9　1000円

さくらんぼ畑　四幕の喜劇
チェーホフ　堀江新二　ニーナ・アナーリナ訳　長い間、生活と心のよりどころとなっていた領地のさくらんぼ畑の売却を迫られる家族…。未来の人間に希望をもちながら目の前にいる不安定な人たちの日々のふるまいを描き、「桜の園」として親しまれてきた世界の原点を見つめ直した新訳。　ISBN978-4-903619-28-6　900円

ソモフの妖怪物語
田辺佐保子訳　ロシア文化発祥の地ウクライナでは広大な森の奥に、川や湖の水底に、さまざまな魔物が潜み、禿げ山では魔女が集まって夜の宴を開いていると信じられていた。そんな妖怪たちの姿をプーシキンやゴーゴリに先駆けて本格的に文学の世界に取り込んだロシア幻想文学の原点。　ISBN978-4-903619-25-5　1000円

分　身　あるいはわが小ロシアの夕べ
栗原成郎訳　孤独に暮らす男の前に自分の《分身》が現れ、深夜の対話が始まった。男が書いた小説は分身に批評され、分身は人間の知能を分析し猿に育てられた友人の話を物語る…。ドイツ・ロマン派の世界をロシアに移植し19世紀ロシア文学の新しい世界を切りひらいた作家の代表作。　ISBN978-4-903619-38-5　1000円

ふたつの生
カロリーナ・パヴロワ　田辺佐保子訳　理想の男性を追い求める若い貴族の令嬢たちと娘の将来の安定を保証する結婚を願って画策する母親たち。19世紀の女性詩人が平凡な恋物語の枠を越えて描いた〈愛と結婚〉。ロシア文学のもうひとつの原点。
ISBN978-4-903619-47-7　1000円

価格は税別